JN334751

治るという前提でがんになった

情報戦でがんに克つ

高山知朗

GENTOSHA

前書き

私は40代前半の頃、悪性脳腫瘍と白血病の2回のがんを経験しました。

30歳で株式会社オーシャンブリッジというIT関連会社を起業した私は、経営者として事業拡大に邁進してきました。「会社経営＝自分の人生」のような生き方をしてきました。

そんな中、40歳で悪性脳腫瘍を告知されたのです。娘がまだ1歳の頃でした。

その闘病から2年後、仕事に復帰してまた忙しくしているときに、2度目のがんである白血病・悪性リンパ腫を告知されました。脳腫瘍の再発ではなく、全く別のがんでした。

がんでよく言われる「5年生存率」は、脳腫瘍では25％、白血病では40％でした。かけ合わせると10％です。つまり10人に1人しか5年生きられないという低い確率です。

その2回のがんを、手術、放射線治療、抗がん剤治療のいわゆる「がんの三大治療」で乗り越えてきました。脳腫瘍の手術からは区切りとなる5年が経過し、白血病の入院治療終了からはもうすぐ3年が経過しますが、再発の兆候も全くなく、普通の生活を送っています。

私はがん治療においては代替療法、民間療法、食事療法などの類《たぐい》には頼っていません。退院後、治療による副作用や後遺症の軽減、免疫力の回復のために東洋医学を一部取り入れていますが、がんそのものの治療については、完全にがんの三大治療だけを信じました。

今、日本では2人に1人ががんになり、3人に1人ががんで死ぬと言われています。そしてマスメディアでは、有名人のがんに関するニュースに加え、「抗がん剤は効かない」「がんは放置すべき」など、西洋医学を否定するような意見が報道されています。そうした報道に不安を覚える人、混乱する人も少なくないのではと思います。「もし自分ががんになったときには、どうすればいいいんだろう？」と。

この本は、私が2回のがん闘病経験から学んだ、がんを受け入れ、立ち向かい、克服するための具体的な心構えをまとめたものです。

まず第一章、第二章では、私自身の脳腫瘍、白血病の闘病体験を書いています。生存率10％に入るために私が考えたこと、やったことの記録です。

そして第三章では、その闘病体験から学んだ「気づき」や「知恵」を、できるだけ多くの方に参考にしていただけるようにまとめています。病院選び、医師とのコミュニケーション、入院、手術、抗がん剤治療、副作用、治療費などの闘病の段階ごとに、みなさんの参考にしていただけそうなポイントをまとめました。

第四章では、私が闘病中に精神的な苦しみの中で気づいていった、がんになることの意味、がんを引き寄せてしまう考え方とその手放し方、そして人生のシナリオなどについても書いています。

この本の内容は私個人が経験したこと、考えたことですので、全てのがん患者さんに当てはまるわけではありません。でも、実際に2回のがん闘病を経験して、そこから学んだことの中には、他の患者さんやご家族にとって多少でも参考にしていただけることがあるのではないかと考えています。

この本が、がんと闘っている患者さんやそのご家族をはじめ、健康に漠然とした不安を感じているみなさんに、少しでもお役に立つのであれば幸いです。一人でも多くの患者さんががんを乗り越えて幸せな人生を歩まれることを願っています。

治るという前提でがんになった　情報戦でがんに克つ　目次

第二章

42歳、白血病・悪性リンパ腫との闘い

第三章

がん闘病から学んだ患者学

がんと診断されたら

病院を決める

入院生活の心得

後悔のない手術のために

抗がん剤治療（化学療法）

放射線治療

治療法にまつわる言説の検証

退院後の病との付き合い方

第四章 がんになることの意味

＊本文中、実名での許諾を得ていない方のお名前はイニシャル表記としています。

第一章

40歳、脳腫瘍との闘い

チューリッヒの空港で意識を失う

私の最初のがんである悪性脳腫瘍が見つかったのは、2011年6月のことです。

身体に異変が起きたのは、ヨーロッパ出張からの帰り道でした。スペインとスロベニアの取引先を訪問し、帰国する途中、乗継地のスイス・チューリッヒの空港で突然意識を失って倒れてしまったのです。

その日、私はたまたま1人でした。前日までは会社のメンバーと一緒でしたが、日本にいる妻から「娘が肺炎で入院した」との連絡があったため、急遽、私だけ帰国便を1日繰り上げて先に帰国の途についたのです。後から考えると、これが非常にラッキーでした。

チューリッヒの空港で、搭乗ゲートのベンチに座ってｉＰｈｏｎｅを触っていると、この2年ほど前からたまに起こっていた「視野の左側がゆがむ」という症状が起きました。「あ、また来たな」と思った瞬間、それまでと違って視野がゆがむだけでなく、天地がひっくり返って、世界がぐるぐると回るような感覚になりました。そしてそのまま意識を失ったのです。

気づいたときには、ベンチから崩れ落ちて床に倒れ、心配した人々に周囲を囲まれていました。

後から考えると、どうもこのとき、てんかん発作を起こして全身がけいれんしていたようです。その後しばらく、体中のあちこちが痛みました。後で医師や看護師さんから注意されたことですが、脳腫瘍患者が深酒をしたり、寝不足になったりすると、けいれん発作が起きやすくなるとのことです。このときの私は、まさにその条件に当てはまっていました。前夜は遅くまでパーティでワインを飲んでいて、早朝の飛行機に乗ったため、ほとんど寝ていなかったのです。

すぐに空港内の救急センターに運び込まれました。医師は脳の異常を疑って、「このまま病院に搬送して、しっかり検査をする必要があります。再びてんかん発作で倒れる恐れのある患者は、飛行機に乗せるわけにはいきません。もし機内で倒れたら出発地の空港に飛行機ごと戻ることになりますから」と言います。でも私は、「娘が入院しているので、何としても予定していた便で帰国しなければなりません」と言い張りました。

医師はさすがに困っていました。でも、私も娘のために必死です。医師は最後には折れて、

「そこまで言うなら仕方がありません、飛行機に乗ったらこの薬を飲んで、眠っていきな

さい。眠っている間は発作が起きることはないはずです」

と言ってくれました。そして、

「日本に帰国したら必ず、すぐに脳神経外科で脳の検査を受けなさい」

と付け加えたのです。

こうして無理矢理帰国させてもらえることになりました。飛行機に乗り、医師の言う通り薬を飲んで、成田に着くまでほとんど寝て過ごしました。寝不足もあり、よく眠れました。

成田で飛行機を降りるとすぐに、娘の入院している病院に向かいました。私が病院に着いた頃には娘はだいぶ回復していて、思ったより元気そうな様子に安心したのを覚えています。

「脳に腫瘍がありますね」

帰国の翌日、チューリッヒの救命救急医に言われた通り、脳神経外科の病院に行き、脳の検査をしてもらいました。人生初のMRI検査ではその轟音に驚かされました。

検査が終わり、診察室に呼ばれると、MRI検査の画像を見た医師からこう言われたのです。

「腫瘍がありますね」

さすがに驚きました。頭に何か問題はあるだろうと思っていましたが、まさか脳腫瘍だとは思いませんでした。もしこの腫瘍が悪性であれば、それはがんということです。でも、家族にがん患者が多く、過去にがん治療の本をある程度読んでいたこともあり、「たとえがんだったとしても、治らないわけではない。適切な治療を選択していけばなんとかなる」と冷静に受け止めている自分もいました。以前から「自分もいずれがんになるかもしれない」とどこかで考えていたということも、関係していると思います。

医師からは、

「悪性かどうかは開頭して組織を取ってみないと結論が出ませんが、もう少し検査をしてみましょう。もしかすると脳腫瘍ではなく脳膿瘍《のうのうよう》（脳にできる膿みのようなもの）かもしれません」

というお話があり、そのまま追加の検査をしました。造影剤を使ったＭＲＩ検査と、脳波の測定です。その結果を聞くため３日後に来院することになりました。

ベストの治療を求め、必死の情報収集

その日家に帰ってから、インターネットで病気のことや病院のことをとにかくたくさん調べました。最悪の場合、つまり脳腫瘍であることを想定し、どんな病気で、悪性と良性の比率はどれくらいで、治療内容はどうで、予後（回復の見通し）はどうで、どの病院で治療するのがいいのかなどを調べたのです。

その結果、もし悪性の脳腫瘍だった場合は、予後や生存率はかなり厳しいなと感じていました。だからこそベストの治療を受けなければと思い、病院に関する情報を収集しました。そしていくつかの候補を挙げ、手術件数などから東京女子医科大学病院（以下、女子医大病院）が有力な入院先候補の一つになっていました。

また妻も、周囲の方を通じていくつかの病院に当たってくれました。妻は当時、大学院で心理学を研究しながら臨床心理士として病院に勤務していたのです。

私はネットで調べるのと同時に、幼なじみのT君にメールを送りました。彼は大学病院で放射線腫瘍医をしています。つまりがんの放射線治療と画像診断の専門家です。そして、彼のお兄さんは女子医大病院で放射線腫瘍医をしていました。

T君へのメールでは、自分に脳腫瘍が見つかったことを伝え、どこの病院で治療するのがいいかを相談しました。彼の勤務する大学病院も、ネットで調べた脳腫瘍の手術件数が多い病院のリストに入っています。

翌日すぐにT君から返事が来ました。彼によると、「病院選びでは腫瘍が良性・悪性のどちらの可能性が高いか、病変がどこにあるかが重要。もし悪性であれば、脳腫瘍手術をしっかり経験している病院がよい。兄の勧める女子医大病院は手術室にMRIの設備があり、手術件数も日本一なので相談してみる」とのこと。

彼には、「腫瘍の場所は右の後頭葉。良性か悪性かはまだ分からない」と答えました。そして同時に、「いずれにしても今後別の病院での治療を希望するのであれば、今の病院には『セカンドオピニオンを聞いてみたいので紹介状を書いてくれ』と言えばいいのか？」と聞きました。

すると彼からの返事は「そもそも今の病院で治療を受けるつもりがなく、別の病院で治療を受けたいのであれば、セカンドオピニオンではなく、単に紹介状を書いてもらって診察を受けた方がいい」とのこと。

そして「脳腫瘍の治療においては、手術でどこまで腫瘍を切除できるかが非常に大切。

脳の機能を維持しながら腫瘍を最大限に切除するためには、手術室にMRIの設備があることが重要」というアドバイスももらいました。つまり女子医大病院がよいということです。

「紹介状」で病院を変更

3日後、検査の結果を聞くために病院に行きました。医師からは、「やはり膿瘍《のうよう》かもしれないので、しばらく抗生物質を投与して様子を見てもいいかもしれません」と言われました。

私はこれを聞いて喜びました。腫瘍ではない可能性が出てきたということです。その上で、「今後は女子医大病院で治療を受けたいので、紹介状を書いていただけませんか?」と依頼しました。先生は快く引き受けてくださり、検査画像を保存したCD-ROMとともに紹介状を用意してくれました。

病院を出た私はT君に電話しました。T君は「とにかく早く画像を見せてほしい」と言って、なんとその夜に娘が入院している横浜の病院まで、その紹介状とCD-ROMを取りにきてくれたのです。

T君は持ち帰ったMRI画像をすぐに確認し、それをお兄さんに渡してくれました。お兄さんを経由して女子医大病院の脳神経外科の先生方も見てくださったようです。

翌日の夜、T君と電話で話しました。T君や他の医師が画像を見た上での診断としては、「おそらく悪性の脳腫瘍だろう」ということでした。膿瘍かもしれないという私と妻の淡い期待は、そのときに消えました。

その時点でT君とお兄さんは、すでに女子医大病院での診察や手術の予約を入れてくれていました。

T君からは、「診察に行く前に、女子医大病院のホームページにある脳腫瘍の治療方針を読んでおいてね。それで納得できるようであれば、そのまま女子医大病院に入院して手術を受ければいいから」と言われました。

でも私の心はもう女子医大病院で決まっていました。というのも、彼はそれまでにやり取りしたメールの中で、こう書いていたのです。

「自分が高山と同じように脳腫瘍になったら、女子医大病院で手術を受ける」

長年の友人であり腫瘍の専門家である彼がそこまで言うなら間違いない、彼を信じよう、と思いました。

5年生存率は最悪6%

その4日後、私は女子医大病院で、脳神経外科の村垣善浩教授の診察を受けました。私の主治医になる先生です。

村垣先生は、臨床経験だけではなく研究活動にも積極的で、「術中MRI」の開発等により、悪性脳腫瘍（グリオーマ）の治療成績、つまり5年生存率を飛躍的に高めたいわゆる「名医」です。若くして教授に就任されたのも納得できる実績と貢献です。

でも村垣先生に実際にお会いしてみると、そうしたインテリジェンスよりも柔らかさ、話しやすさが前面に出ています。質問に対しても率直に答えてくださいますし、あいまいなことは言いません。「この先生ならこれから安心してお任せできる」という印象を持ちました。

検査画像を事前に見ていた村垣先生は、単刀直入に「これはグリオーマ、神経膠腫《こうしゅ》という脳腫瘍ですね」と言いました。

そして「グレード、つまり悪性度は、画像で見る限りおそらく3〜4だと思います。でも、実際には手術をして組織を取ってみないと分かりません」と続けました。

脳腫瘍でもグレードが2以下であれば、予後もよく、低悪性と言えます。でもグレード3や4は悪性です。この時点で、悪性の脳腫瘍、つまりがんという診断を正式に受けたことになります。改めてショックを受けました。

村垣先生から渡された説明資料を見ると、グリオーマの5年生存率の全国平均は、グレード3の場合は25%、グレード4の場合は6%とのこと。その生存率の低さにも衝撃を受けました。

ただ、女子医大病院の治療成績は全国平均を大きく上回ります。手術室の中でMRI撮影ができる「術中MRI」等によるものです。これにより腫瘍の取り残しが減り、生存率が向上すると考えられています。グレード3の場合の5年生存率は、女子医大病院では78%です。それでも、グレード4の場合は、女子医大病院でも13%に留まります（それぞれの生存率は2011年当時に利用可能だったデータ）。

女子医大病院で治療を受けると決めた以上、グレード3であれば生きられる可能性は非常に高まります。しかしグレード4だった場合は厳しいと言わざるをえません。

「自分はもうすぐ死ぬのかもしれない」と思いました。

でも、当時まだ1歳だったかわいい娘のことを考えました。「この子が成長するのを見届けずに死ぬわけにはいかない」と心の底から強く思いました。

そして、

「娘の二十歳《はたち》の誕生日においしいお酒で乾杯してお祝いする」

というのが、自分の人生の目標となりました。それまでの目標だった「死ぬまで会社経営を続けること」から180度変わったのです。この目標がその後の辛い治療を乗り越えていく力にもなっていきました。

そしてこの日以降、手術が終わって病理検査の結果が出るまで、自分の脳腫瘍のグレードが3であることを祈りながら過ごしていくことになります。

がんの告知は段階的に進む

私の初めてのがん告知は、このように段階的に進みました。

（1）意識を失って倒れる（自覚症状）

（2）病院の検査で「腫瘍か膿瘍がある」と言われる

（3）画像を見たT君から「おそらく悪性の脳腫瘍だろう」と言われる

（4）村垣先生から「悪性の脳腫瘍であるグリオーマのグレード3〜4」と診断される

このように、わずかな望みが、少しずつ、少しずつ、消えていきました。そして可能性が厳しい方に、厳しい方に収束していくような感じでした。

自分にとって生存率は0か100

6月27日、私は女子医大病院に入院しました。

入院初日の晩はあまりよく眠れませんでした。消灯時間が21時で、とてもそんな時間には眠くならないということや、自宅よりもベッドが狭く、両サイドに落下防止用の柵があり、なんとなく落ち着かないということもありました。でもやはり、病気や手術についていろいろと考えてしまうということが一番の原因だったように思います。

数日後の手術で腫瘍が取り切れるのかどうか。悪性度がどう診断されるのか。それらによって自分の命の長さが大きく左右されます。どうしても1人になるといろいろと考えてしまいます。

この不安を乗り越え、なんとかポジティブな方向に気持ちを切り替えようと、次のようなことを考えていました。当時のメモから引用します。

〈自分は5年生存率とか関係なく、とにかく娘が成人して一緒にお酒を飲めるようになるまで、あと19年は最低でも生きることに決めた。これはもう自分で決めたことで、データ等は関係ない。そのために、今後の全てを組み立てる。生活、仕事など。

5年生存率が何%であろうと、自分にとっては0か100か。仮に生存率が低くてもその低い%に入るように、正しい道を見極め、一つ一つ判断して、着実に進んで行けば、生存できるはず。

しっかり考えて行動していけば、必ず病気を克服できる〉

選ぶべきは命の長さか、QOLか

入院3日目の夜、主治医の村垣先生から手術に関する事前の説明がありました。

手術の説明には原則として家族が同席する必要があるため、妻が娘を連れて病院に到着。また私の母も急遽、長野から上京してきてくれました。

村垣先生と執刀医の丸山隆志先生が病棟に到着し、小さな部屋で説明が始まりました。主担当看護師のKさんも同席してくれました。

まず、入院前に受けたPET検査の結果の説明がありました。この検査結果を見ると、最初の病院で受けたMRI検査と比べて腫瘍は大きくなっておらず、「これはいいニュースです」とのこと。腫瘍の悪性度がグレード4であれば、1〜2週間でもがん細胞は増殖して腫瘍が大きくなってしまうようです。

また3種類のPET検査のうち、特にFDG（検査薬剤の一つ）を使った検査結果とも合わせて考えると、「悪性度はグレード4よりも3かな」とのこと。これは非常にうれしいニュースでした。

ただ、グレードについては、手術で摘出した腫瘍を病理検査してみないと最終的な診断は確定しません。それでも、基本的には軽々しいこと、根拠のあいまいなことは絶対に言わない村垣先生が、ここまで踏み込んで言ってくれた言葉だけに、自分にとっては非常に重みがありました。家族とともに大きく安堵しました。

続いて、今度は手術に関する説明です。どのような方針で、どこまで腫瘍を取るかということを、先生の話を聞いて決めなければなりません。

グリオーマは脳の正常細胞に染み込むように広がっていきます。私の場合も、右後頭葉に直径3〜4センチほどの腫瘍の塊があり、そこから脳の中心部に向かって腫瘍がひげのように伸びていました。

村垣先生によると、「このひげのように伸びた部分の奥の方まで取ることもできますが、そうすると、視野の左半分が見えなくなったりするかもしれません。もっと前方まで取ろうとすると、一時的にでも左半身が不自由になったりすることもあります」とのこと。

グリオーマにおいては、手術での腫瘍摘出率が予後を左右する大きな要因の一つです。できるだけ腫瘍を残さず取り切った方が、生存率が高まるのです。一方、腫瘍細胞を無理に摘出して、正常細胞まで摘出したり傷つけたりしてしまえば、運動障害や言語障害などの後遺症が残ってしまいます。

村垣先生は続けて「でも、これまでのデータによると、このひげのように伸びた部分までは取らなくても、生存率には大きな違いはなさそうです」とも言われました。具体的には、摘出率が95%に達すれば、それ以上摘出した場合と比べて、統計上は生存率にそれほど大きな違いが出ていないとのことでした。

私の場合、塊の部分の腫瘍を摘出すれば、摘出率は95%に達する見込みということです。さらに、「ひげのように伸びた部分は、画像上は腫瘍のように見えますが、もしかすると腫瘍ではなく脳が腫れているだけかもしれません」とも言われました。

娘の成人まで、あと19年は必ず生きる

ここで、決断を迫られました。ひげのような部分までがんばって摘出するか、そこは残すか。

がんばって摘出すれば、長く生きられる可能性はより高まるかもしれませんが、半身不随になるリスクがあります。ひげのような部分を残せば、術後もこれまで通りの生活ができるでしょうが、腫瘍が残ったことにより再発のリスクが高まり、生存期間は短くなるかもしれません。統計データ上は生存率に大きな違いがないとは言え、自分の場合にどうなるかは分かりません。

半身不随になってでも少しでも長く生きることを選ぶか。それとも短くてもQOL（クオリティ・オブ・ライフ。生活の質）を選ぶか。自分の人生でこんな決断を迫られるときが来るとは思いませんでした。

でも私はこの前々日の夜、あと19年は最低でも生きることに決めていました。娘の二十歳の誕生日までは死ぬわけにはいかないのです。村垣先生にもそのことをお伝えし、「とにかくあと19年、生きられるようにしてください」とお願いしました。

その希望を踏まえた上で、村垣先生は以下のような方針を提案してくれました。

「基本的には95％まで腫瘍を取りましょう。経験上、そこまでで大丈夫と判断すれば、奥のひげのような部分までは無理して取りません。ただ、手術中の簡易的な組織検査で、悪性度がグレード4だという診断が出たら、もう少しがんばって奥の腫瘍も取りましょう」

つまり、グレード4だった場合は、少しでも長く生きるために、半身不随になるリスクを取ってでも踏み込んで摘出する、というものです。一緒に説明を聞いていた妻とも相談した上で、この方針に決めました。

悪性度がグレード3であれば、女子医大病院での5年生存率は78％です。村垣先生の話によると、10年生存率も、5年生存率と比べてそれほど下がっていないとのこと。つまりグレード3であれば約8割の確率で治るということです。一方、グレード4であれば、女子医大病院でも5年生存率は13％です。改めて、病理検査の結果がグレード3であることを祈りました。

こうして手術の方針が決まりました。村垣先生はお忙しい中、十分に時間をかけて丁寧に説明してくださいました。そして私たちの質問にも非常に真摯に答えてくださいました。改めて、「村垣先生は信頼できる。村垣先生にお任せすればきっと大丈夫」と確信しました。

また、先生の話を妻が一緒に聞いてくれて、方針を決めるのに加わってくれたことも、非常に安心できました。その後も共通の理解のもとに会話ができますし、自分が聞き逃した点なども確認できます。本当に助かりました。

手術までの眠れぬ日々

手術当日までは、比較的穏やかに過ぎて行きました。残っている検査がいくつかあったため、この時期にそれらの検査を受けました。

ある日、隣のベッドの患者さんが、手術を終えて病室に戻ってきました。私より若いその患者さんは、術前は大変元気そうだったのですが、手術から戻ってきたら、吐き気と傷の痛みで本当に辛そうでした。隣にいるこちらも辛くなるほどです。

さらに、看護師さんがご本人に説明していた内容によると（大部屋なので自然と耳に入ってしまいます）、「手術で頭を開けてみたが、腫瘍が奥の方にあったため今回は取れなかった」というようなことでした。隣でそれを聞いていて、「手術でこんなに辛い思いをされているのに、腫瘍が取れなかったなんて……」と本当に胸が痛くなりました。

私はこのとき、自分の手術を数日後に控えていたため、「自分も手術で頭を開けてみたが取り切れなかったということになるかもしれない」とか「術後には痛みや吐き気であんなに苦しむことになるのか」といった不安を持つようになりました。

手術に関しては「まな板の上の鯉」みたいなもので、何も考えずに先生にお任せするしかない、と思っていました。

でも、隣の患者さんの状況を見たりしているうちに、やはり不安も大きくなってきます。そのせいか、この時期は夜あまり眠れませんでした。2時過ぎまで眠れないこともあったので、手術前に寝不足なのはよくないと、看護師さんから睡眠導入剤をもらって寝る前に飲むようになりました。

不安が増していたそんなときに、幼なじみのT君がお見舞いに来てくれました。あの、大学病院で放射線腫瘍医として活躍しているT君です。私は手術に関して感じていた不安をT君に話しました。すると彼はこのように答えてくれたのです。

「女子医大病院は脳腫瘍の手術に関しては間違いないから、安心していいよ。高山の手術は絶対に成功する。手術直後はうまく歩けなかったりするかもしれないけれど、1週間もすれば、全く普通に動けるようになるはず。だから術後のこともそんなに心配する必要はないよ。

グリオーマでも悪性度がグレード3の場合、ここで手術を受ければ、若い患者なら治る。5年生存率の計算には、グリオーマ以外の病気で亡くなった60代、70代といった高齢の患者さんも含まれているからね。

とにかく手術は成功するから心配する必要はないよ。手術については安心して大丈夫」

このT君の話を聞いて、本当に本当に安心しました。主治医の先生たちは、患者に対して「絶対に大丈夫」とは言えません。患者に対する責任上、当然のことです。逆に、「何%の確率でこういう合併症のリスクがあります」というようなネガティブな話はたくさん出てきます。これも説明責任上、当然のことで、仕方ありません。

でもT君は、専門家としての知識と経験をもとにしつつ、友人としての立場で突っ込んだアドバイスをしてくれます。ありがたいなと、改めて心から思いました。

こうしてT君の言葉に支えられて、7月4日の手術当日を迎えることになります。

インテリジェント手術室

手術当日の朝は4時半頃に目が覚めてしまいました。

病室で手術着に着替えた後、手術室へ向かいます。初めて入る手術室は、思ったより狭い印象でした。そして部屋の奥にはひときわ大きな機械が鎮座しています。「これが例の術中ＭＲＩですね！」と看護師さんに言うと「そうですよ」との返答。

手術室の壁の上の方にはたくさんのカメラも設置されていました。このカメラによる、手術室の外からのリアルタイムなモニタリングも、女子医大病院の「インテリジェント手術室」の一部です。

そして手術台に寝て、麻酔をかけられると、あっという間に意識がなくなってしまいました。

………

意識が戻ったときには、まだ手術室にいました。もちろん手術は終わっています。周りでは先生や看護師さんたちの声が聞こえていました。執刀医の丸山先生が「shivering（シバリング）を起こしているな」と言っていたのが、麻酔から覚めて初めて聞いた言葉だったと思います。そのとき、私の身体はなぜかガクガク震えていて、そのことを若い先生に言った言葉です。

丸山先生が若い先生に「脳腫瘍の手術の後は、何々の数値をちゃんとモニターしておくように」といった指導をしている声も聞こえました。「手術室も臨床と同時に教育の場でもあるんだな」と手術直後ながら妙に感心したのを覚えています。

傷口を枕につけて寝る痛み

意識が戻って時間が経つにつれ、徐々に頭の痛みが実感されてきました。このとき、入院後に実践していたリラクセーションや瞑想のための呼吸法が役に立ちました。ゆっくり腹式呼吸をしながら、頭から足まで順に身体の力を抜いていき、痛みが引いていくイメージを持ちます。すると、実際に楽になる気がするのです。

少ししてストレッチャー（車輪付きのベッド）でICU（集中治療室）に運ばれました。このときに気づいて驚いたのですが、後頭部の手術の後でも、患者は仰向けに枕をして寝かされているのです。つまり傷口を枕につけて寝ているので、さすがに痛みます。

さらには傷口だけではなく、頭の中も痛くなってきました。いわゆる頭痛のような痛みです。看護師さんが来て、「あまり痛くないのがゼロ、痛くて痛くてとても我慢ができないのが10だとすると、今の痛みはどれくらいですか？」と聞いてきました。確かそのときは7か8くらいと答えたような気がします。それに応じて痛み止めの量などを調整してくれるようでした。

ＩＣＵに落ち着いたら、今度は視野のことが気になりました。手術の後遺症で左の方が見えなくなるかもしれない、と事前に村垣先生から言われていたためです。

看護師さんにメガネを掛けさせてもらって、周囲を見回してみたところ、特に見えないところはありません。左の方にあるものを見ようとしても、問題なく見えます。「やった！　視野に後遺症は残らなかったんだ！」と喜びました。でも、残念ながらそれは早合点でした。

その後丸山先生が来て手術の結果を説明してくれました。丸山先生は、「高山さん、腫瘍は95％取れましたからね。腫瘍の悪性度は、簡易的な検査では、グレード3でした。グレード４の細胞は見つかりませんでしたよ」と説明してくれました。

私は「ああよかった。無事に手術は成功したんだ」と思いました。そして「グレードは3だったんだ」と安心しました。丸山先生の充実した表情と力強い口調からも、手術が会心の出来だったことが伝わってきて、それが本当に力になりました。

意識がなくても身体はがんばっていた

その後しばらくして若い先生たちが来ました。視野の確認です。先生は私の目の前に片手を出して「この手を見ていてください」と言いながら、逆の手を私の視野の上下左右に動かして、「これ見えますか?」「これはどうですか?」と確認し始めました。視点を正面に固定しながら、視野の上下左右のどこかに見えない領域がないかを簡易的に検査したのです。

この検査で初めて気がついたのですが、やはり視野の左下4分の1が見えていませんでした。視野を縦横に4分割したときの、左下の領域が見えません。

でも、自分としては、多少の後遺症が残っても、長く生きられる方を選びたいと決めていたので、この視覚障害については特にショックということはありませんでした。

しばらくしてICUに妻が通されてきました。すでに先生から手術の結果は聞いていたようで、私の顔を見るなり泣き出して「よかった、本当によかった」と言いました。私と言葉を交わした妻は、思ったよりも私がしっかりしていて、会話もいつもと全く変わらずできたことに驚いたようです。そして「本当によくがんばったね」と言うので、私は照れ臭くて「いや、がんばったも何も、自分は麻酔かけられて寝てただけだからね」と言いました。

でも、しばらく後に気づいたのですが、手術の後、奥歯を非常に強く噛み締めていた感覚が口の中と顎の関節に残っていました。恐らく手術中に何かを我慢するために、無意識のうちにずっと奥歯を噛み締めていたのではないかと思います。麻酔下で意識がない状態でも、自分の身体はがんばっていたのかもしれないと今では考えています。

妻に時間を聞いたら、19時40分でした。手術室に入ったのが8時50分でしたので、11時間近く経っていました。この夜はこのままＩＣＵで過ごしました。ある意味、入院中で最も激しい一夜となりました。

ＩＣＵでの壮絶な一夜

ＩＣＵでの一夜はいろいろな意味で忘れられない経験となりました。身体面で辛かったのは、もちろん手術直後の痛みです。後頭部の傷口が痛いし、頭の中も痛みます。

でもこの夜、もっと激しい痛みがありました。点滴の痛みです。これが強烈でした。何の点滴か覚えていないのですが、びっくりするほど痛かったです。点滴の針を刺した腕の内側が破裂しそうに痛いのです。この入院中で最大の痛みでした。傷の痛みよりも頭の痛みよりも痛かったです。この点滴は、一般病棟に戻ったこの翌日にももう1回打ちました。

また喉の渇きも辛かったです。手術中に喉に管を入れていたせいか、非常に喉が渇きます。でも麻酔が残っていて水が肺に入ってしまう恐れがあるので、水を飲んではいけないと言われます。看護師さんに手伝ってもらって、何度もうがいをしてしのぎました。

幸いにして術前に心配した吐き気のようなものはありませんでした。これは助かりました。

そしてこの夜が忘れられないのは、こうした自分の状況だけが理由ではありません。ICUという環境がすごかったのです。飛び交う医師や看護師さんの大声、ストレッチャーで運び込まれる緊急の患者さん、検査機器の電子音。初めて入ったICUは、想像以上に激しい環境で、まるで戦場でした。

特にこの日は深夜に緊急手術があったようで、その対応で非常に騒然としていました。患者さんはまだ小さなお子さんで、やはり脳の手術だったようです。ICU内では、医師と看護師さんの間で「家族には連絡取れたのか？」「ちょうど今到着されました」「じゃあ説明に行くぞ」といったやり取りが大声でなされていました。

さらに医師がそのお子さんに「○○君、分かる？　手術終わったよ！　分かったら目を開けて！」と大声で声をかけていました。まさにテレビドラマの救命救急室のシーンのような、あるいはそれ以上に緊迫した状況でした。

この夜は入院中、最も辛く大変な夜でした。でも身体の自由が利かず痛みに耐えていた自分を、ＩＣＵの看護師さんたちは本当に優しく助けてくれました。あんな壮絶な環境で、死ぬか生きるかの患者を相手に、あの優しさと明るさと一所懸命さで接することができるＩＣＵの看護師さんたちはすごいと思いました。こうしてＩＣＵでの一夜は明けていきました。

脳の手術は回復が速い

翌日のお昼過ぎには一般病棟の病室に戻りました。入院時と同じ大部屋です。普通のベッド、普通の枕です。手術した後頭部の傷口には大きなガーゼがテープで貼り付けられているだけで、頭が包帯でぐるぐる巻きになっているわけではないですし、絶対安静でベッドに縛り付けられているわけでもありません。

脳の手術の場合、術後はそれほど安静ということを考えなくてもいいのかもしれません。

ここは胃や食道などの手術とは大きく違いそうです。脳は物理的に動かない臓器だからです。

ただもちろん、手術の際につけたいろいろな管の類はまだ残っています。頭の傷口からは血液や浸出液を排出するための管が出ていますし、尿を排出するための管も出ています。点滴もしています。また足にはエコノミークラス症候群を予防するための、エアマッサージャーのような器具がついています。

でもこれらの管や器具は、2～3日のうちにどんどん取り外されていきました。一つなくなるごとに、少しずつ自分が自由になっていくような気がしていました。

トイレに行くのも、最初のうちは車椅子に乗せてもらっていましたが、すぐに自分で歩いて行けるようになりました。手術から4日後にはシャワーも浴びました。傷口が開かないかドキドキしながら、看護師さんに頭を洗ってもらいました。

このように、手術が終わるとどんどん普通の生活に戻っていきます。最近は患者の早期の回復と自立を促すためか、病院はあまり患者を甘やかしてくれないようです。でも実際に、術後の回復は自分自身も驚くほど速いものでした。身体が回復していくと同時に気持ちも前向きになっていきます。

思ったよりも深刻だった視覚障害

身体の方は自分でも驚くペースで回復しつつあったのですが、その反面、手術の後遺症である視覚障害は、思ったよりも深刻でした。視野の左下4分の1が見えないだけでなく、見ている対象物の左の方が見えていないことに気づいたのです。

例えば、左手の手のひらを見ると、親指のあたりがよく見えません。5本指の手が、全体としてはっきり捉えられないのです。

またデジタル時計の時間も読み取れなくなっていました。時計の4桁の数字をパッと見て一度に捉えることができず、左の数字（時）を見て、右の数字（分）を見て、また左を見て、と視線を左右に何度も行ったり来たりさせないと、時間が把握できません。

メールなどはなおさらでした。iPhoneのメールやTwitterは、読むのも大変でしたが、書くのはもっと大変でした。日本語入力の際にどこにカーソルがあるのかがよく分からず、非常に手間がかかりました。

さらに、見えなくなっている視野左下の領域に、激しく残像が出るようにもなっていました。例えば昼間、病棟の外を歩いているときに左側をすれ違った人の姿が、病室のベッドに戻っても見えるのです。

日々、身体の方は順調に回復していくのですが、この視覚障害については回復があまり実感できません。でも先生や看護師さんに聞いても、手足の運動障害や言語障害と違って、視覚障害のリハビリはないとのこと。そのため自分でiPhoneやiPadを使って、視覚障害のリハビリについて調べ始めました。

見舞客がくれたサプライズプレゼント

抜糸（手術用ステープラーを抜く抜鈎《ばっこう》）が終わって2日後、スペイン・バルセロナから友人がお見舞いに来てくれました。オーシャンブリッジの提携先IT企業の経営陣です。

2人とも、脳腫瘍の摘出手術からまだ10日も経っていない私が、1人で歩いて待ち合いロビーまで出てきて、普通に英語で会話ができていたことに、驚くと同時に安心したようです。

話をしていると、彼らの1人がおみやげをくれました。袋を開けると、サッカーのリオネル・メッシ選手の直筆サイン入りユニフォームでした。ものすごく驚きました。

メッシ選手は、自分の背番号10のユニフォームにスペイン語で「僕の友だちノリへ。君

メッシ選手の直筆メッセージ入りユニフォーム

の友だちレオ・メッシより」というメッセージとサインを書いてくれていました。

　このおみやげを持って来てくれた友人は、起業家であると同時にメッシ選手が所属するFCバルセロナの役員でもあります。メッシ選手のファンである私を気づかってのサプライズプレゼントだったのです。私はこのユニフォームを入院中ずっと、ベッドの上に吊るして眺めていました。

　さらに、私はそのユニフォームの首のところに、当時1歳の娘が保育園で作った七夕の短冊のプレゼントをつけていました。そこには妻の字で2人からのメッセージが書かれています。

「パパがげんきになりますように。パパがんばってよくなってね。おうえんしてるよ。パパだいすき。」

　きっと保育園の笹の葉には「おもちゃが欲しい」「遊園地に行きたい」といった子供ら

しい短冊が吊り下がっていたはずです。でも娘は、自分の楽しみよりも私の回復を願ってくれたのです。

メッシ選手と家族からのメッセージを、私は退院するまで毎日毎日、眺めて過ごしました。妻はよく、娘とメッシが私の応援団のツートップだね、と言っていました。強力ツートップのメッセージには本当に元気づけられ、病気に勝利するための力をもらいました。

ようやく未来が戻ってきた

手術から10日後に、外泊許可が出ました。こんなに早く家に帰れるまでに回復するとは思わなかったので、うれしいと同時に「本当に大丈夫かな?」という感じでした。

家に着くと、義理の両親に面倒を見てもらっていた娘が、私の顔を見るなり言葉にならない歓声を上げてハイハイで突進して飛びついてきました。

18日ぶりの我が家は、やはり想像以上に快適でした。入院生活も、この頃には痛みが治まってきたこともあって快適で居心地がよくなっていたのですが、それでもやはり自宅の方が格段によかったです。

外泊から病院に戻った2日後、執刀医の丸山先生から手術と病理検査の結果についての説明がありました。

「病理検査の結果、やはりグレードは3でした。腫瘍の種類は『退形成性乏突起星細胞《たいけいせいせいぼうとっきせいさいぼう》腫《しゅ》』です。摘出率は98％でした。脳腫瘍の手術では、摘出率100％とは言いません。摘出した部分の周囲に、MRIでは見えないがん細胞が散らばっている可能性があるためです。でも今回は、MRIで見える範囲の腫瘍は全て取れました」

最も気がかりだった腫瘍の悪性度がグレード3だと確定して、本当に安心しました。また、今後の心構えについても説明がありました。

「このグリオーマという病気とは長く付き合っていかなければなりません。でも、患者さん自身が、再発のことばかり恐れていてはよくありません。患者さんには5年後、10年後の希望を持って生活していってもらいたいと考えています。再発のリスクは、自分たち医者がきっちりケアしていきますから。

そしてもし仮に再発しても、それで終わりではありません。『今度の手術では、機能よりも命を守ることを優先するため、左半身の麻痺などの障害を覚悟で手術を行うことになるかもしれません。でもがんばって摘出して、がんをやっつけましょう』と、患者さんと一緒にずっと闘っていくつもりです。

1年後、3年後を見据えた治療の積み重ねの先に未来があります。高山さんはまだ40歳です。40年後まで考えていかないといけないですからね」

このときの丸山先生のお話を聞いて心からうれしく思いました。「自分は40年後の人生のことを考えてもいいんだ」と、先生から認めていただいたように感じたからです。「娘の二十歳の誕生日をおいしいお酒で乾杯する」という人生の目標に、先生からお墨付きをもらえたように感じて、本当にうれしかったです。

放射線治療と抗がん剤治療の実際

数日後に、放射線治療と化学療法が始まることになりました。

放射線治療の副作用については、ここには書き切れないほどたくさんの可能性があり、少し驚きました。主なものは髪の毛の脱毛や皮膚の炎症、眼や耳の炎症や障害など。でもどういう副作用が出るかは個人差が非常に大きいそうです。

ただ、放射線が当たった部分の髪の毛は必ず抜けるでしょうとのことでした。

私の場合、6週間、月曜日から金曜日までの平日毎日、放射線照射を行います（放射線量は60グレイ）。照射自体はものの数分で終わります。そして痛くもかゆくもありません。

あっけないものでした。

放射線治療と並行して、化学療法も始まりました。術後に残っているかもしれないがん細胞を、放射線と抗がん剤で一気に叩いてしまいましょう、ということです。両方並行して始めると、相乗効果が高いとのことでした。

最初の抗がん剤の点滴は、まず吐き気止めから始まりました。これが15分くらいで終了。特に気分が悪くなるなどはありません。そして抗がん剤（ACNU／ニドラン）の点滴です。これも何ごともなく30分ほどで終了しました。

この最初の点滴のときは、「点滴中に気持ちが悪くなるんじゃないか」と少しドキドキしていました。でも基本的には「病は気から」と同じで、「放射線も抗がん剤も、自分は副作用なんか出ないと思っていれば何も出ないはず」と、勝手に思っていて、看護師さんたちにもそう話していました。

そして実際、点滴中もそうですが、点滴後も、特に気持ちが悪いとか吐き気がするとか食欲がなくなるとかいうことはありませんでした。

手術が終わってから退院するまでの間の治療は、この放射線治療と化学療法だけでした。

退院後は、2ヶ月に1度、通院で抗がん剤点滴を受けました。2012年7月31日の6

クール目で終了となりました。他に、3ヶ月に1度、MRI検査と診察のために通院していて、執筆時点でも継続しています。ただ、日常の服薬等は一切ありません。

視覚障害の回復に向けた独自のリハビリ

手術で摘出した私の脳腫瘍は右後頭部の後頭葉にありました。後頭葉には視覚を司る視覚野があります。その視覚野に腫瘍があったため、視覚障害が後遺症として残りました。

具体的には以下のような2つの症状があります。

(1) 視野を縦横に4分割したときに、左下の4分の1が見えない(視野欠損、視野障害、視野狭窄《きょうさく》、同名四分盲《どうめいしぶんもう》)

(2) 見ている対象物の左の方が見えにくい(半側空間無視)

私は入院中に妻にも協力してもらって視覚障害のリハビリについて調べ始めました。でも、世界的にも視覚障害のリハビリはあまり研究されていないようで、なかなか情報が見つかりません。おそらく視覚障害の場合は、全く見えないのでない限りはそれなりに日常生活が送れることと、本人以外には、つまり客観的には障害の内容や程度が分からないことが、研究が遅れている原因なのではないかと思います。

でも視覚障害を持つ本人は困ります。そのため、運動障害や言語障害などのリハビリの考え方などを参考に、自分なりに視覚障害のリハビリを研究して実践してみることにしました。

まず見えていない範囲を明らかにするために、PCのExcelで「視野マップ」を作成しました（次頁上の写真）。

Excelで方眼紙のようなマス目を作り、カーソルを動かして見えている範囲と見えていない範囲を確認しながらその境界線上のマスに色をつけます。その後に見えていない範囲のマスを塗りつぶすのです。

人間は普段の生活では、上よりも下を見て生活しています。障害物の多くは自分の正面から下にあるためです。ですから左下が見えないというのは、思ったよりも不便なものでした。視野マップを実際の風景と重ね合わせると、次頁下の写真のようになります。左斜め前には女性が歩いているのですが、私には見えていません。

日常生活で一番困るのは、こうした人混みを歩くときです。誰もいないと思っていた左

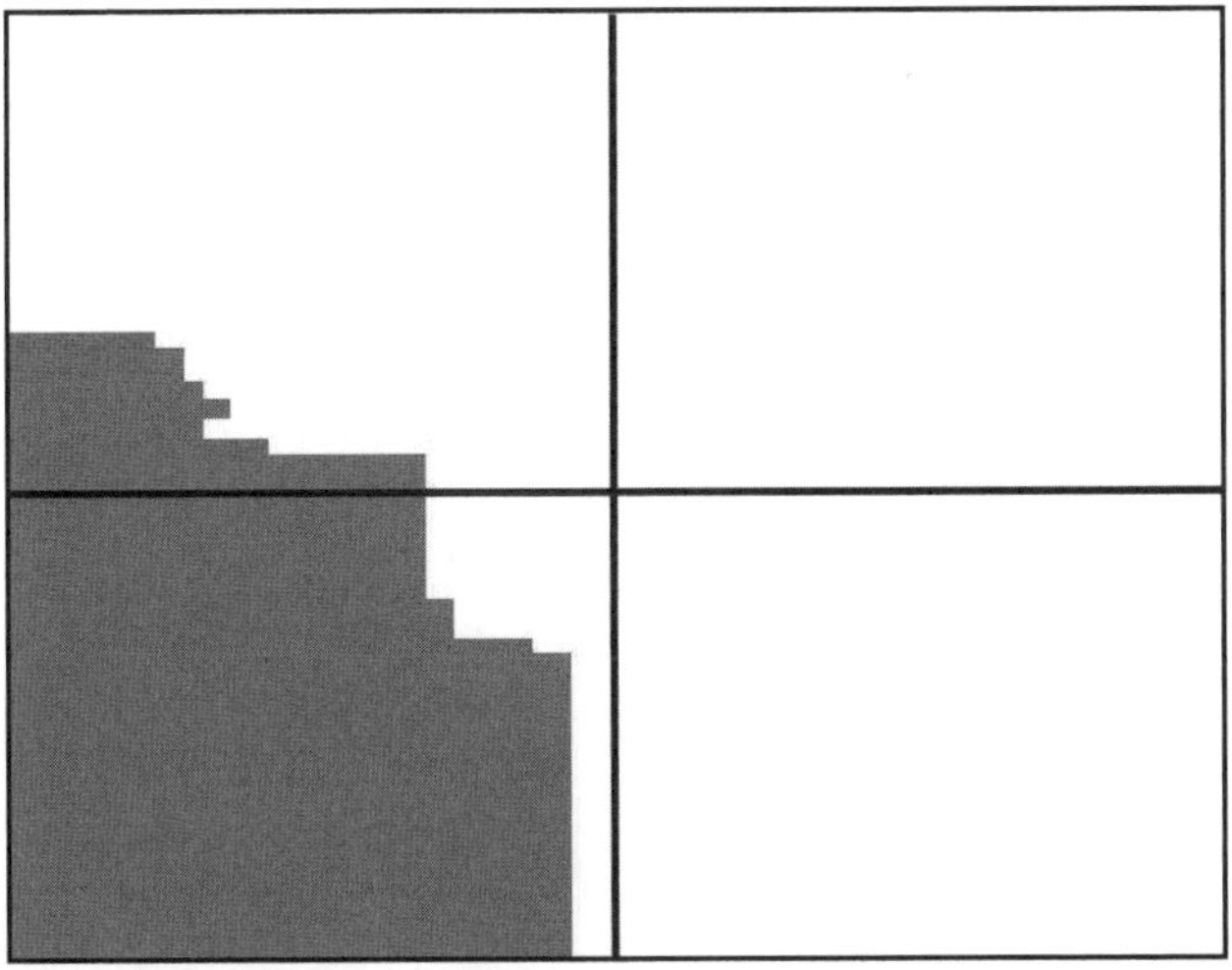

視野マップ。左下の部分が見えない

風景に重ねた視野マップ

方向から突然人が現れたりぶつかったりすると、本当に驚きます。だからぶつからないように周囲をキョロキョロ見回しながら歩いています。

ちなみに、見えていない部分は「真っ黒」になっているわけではありません。単に見えないだけです。誰でも頭の真後ろは真っ黒に見えているわけではないと思います。それと同じで、単に視界の外になってしまいます。

私のリハビリでは、Ｅｘｃｅｌで作成したこの視野マップを使います。見えていない領域にカーソルを動かしながら見るように努力することで、その部分の脳の神経細胞を刺激します。それにより手術で障害を受けた脳神経が再び動き出して、見えるようになってくれることを期待しています。

実際、このリハビリは功を奏し、少しずつ視野は広がっていきました。ただ、残念ながら完全に回復するには至らず、今でも左下は見えにくいままです。駅の人混みを歩くと人にぶつかってしまいます。車や自転車は運転が危ないので手放してしまいました。

でも後悔はありません。ＱＯＬよりも命を選択したからです。今こうして生きていられるだけでもありがたいことだと思っています。

第二章

42歳、白血病・悪性リンパ腫との闘い

左足に走った耐えがたい激痛

脳腫瘍から約2年後の2013年3月頃、再び身体に異変を感じるようになりました。

当時の私はオーシャンブリッジの新規事業の立ち上げのために、忙しく動きまわっていました。

そんな中、左足の付け根、つまり左のお尻のあたりに痛みを感じるようになったのです。そしてその痛みは徐々に強くなっていきます。日常的な痛みに加え、ときおり発作的に強烈な痛みが左足全体に走ります。

そして、忘れもしない同年4月5日のことです。駅から歩いて帰宅する途中、発作的な痛みが来ました。「あ、来たな」と思ったら、それまでの人生で最も激しい痛みとなり、立っていられない状態になりました。道端の塀に寄りかかり、数分我慢しましたが、なかなか痛みは弱まりません。無理やり左足を引きずり、「痛い、痛い」とうめき声を出しながらなんとか家までたどり着きました。

家に帰っても痛みは治まらず、床に倒れ込んでのたうち回りながら痛みに耐えました。いったん発作的に痛みが出たら、2時間ほどは治まりません。脳腫瘍の治療中にも経験したことのないようなものすごい激痛です。

この痛みは腰痛から来るものだと思ったので、翌日、近所の整形外科に行きました。レントゲン写真を見た医師からは「骨には異常はないですね。椎間板ヘルニアではありません。もししばらく様子を見ても治らなければ、別の大きな病院を紹介するのでMRIを撮った方がいいですね」と言われました。

人生2度目のがん発覚のショック

その3日後に、タイミングのいいことに、女子医大病院での定期診察がありました。脳腫瘍の月1回の診察です。先生に左足が痛いことを伝えたところ、「じゃあMRIを撮ってみましょう」と早速検査の予約を入れてくれました。この時点では、自分も先生たちも、まだヘルニアの可能性を考えていました。

2日後の検査当日。痛みのため、とても電車には乗れず、タクシーで病院に向かいました。MRI検査は数十分の間、動かずに横になっている必要があります。その間に痛みの発作が出てしまったら……と本当に心配しながら病院に行きました。でも幸いにして発作が出ることもなく、無事に検査を終えることができました。

その後、先生の診察へ。先ほどのＭＲＩの画像を見せていただいて、驚きました。背骨の一番下の仙骨の左側、つまりお尻の左あたりに、大きな腫瘍らしきものが写っているのです。久しぶりにショックを受けました。

先生によると、「この画像だけでは、この腫瘍が何なのかは分かりません。もう少しいろいろ検査してみましょう」とのこと。早速、ＣＴとＰＥＴ検査、そして主治医の村垣先生の診察の予約を入れてくれました。

帰り道のタクシーでもショックは消えず、その後の命のことをいろいろと考えてしまいます。２年前に脳腫瘍が見つかったときと同様に、「自分の命はこれからどうなるんだろう、娘の二十歳の誕生日まで生きていることができるだろうか」と考えていました。

その１週間後に受けたＰＥＴ検査でも、当然のようにお尻のあたりに、腫瘍らしきものが写っています。

実は私は女子医大病院で、この３ヶ月前にもＰＥＴ検査をしていました。会社の健康診断で腫瘍マーカーが高かったため、念のためということで実施したものです。でも、このときは、お尻のあたりはもちろん、全身どこにも腫瘍らしきものは写っていませんでした。つまり３ヶ月の間に、何もないところに腫瘍ができ、ここまで大きくなったのです。この腫瘍の進行の速さが分かります。

この腫瘍の正体が何かを正確に突き止めるには、最終的には組織を取り出して病理検査をするしかありません。生検です。

女子医大病院の先生たちと相談したところ、ここから先の検査は、各種腫瘍に強い国立がん研究センター中央病院（以下、がんセンター）で受けた方がよいのでは、ということになりました。

腫瘍の正体は何なのか

4月22日に、女子医大病院で用意してもらった紹介状と検査画像一式を手に、がんセンターを受診しました。骨軟部腫瘍科・整形外科のK先生によると、今回持参した画像を見る限り、この腫瘍の正体には以下の5つの可能性があるとのことでした。

・骨肉腫（骨や筋肉にできるがん。ただし短期間でここまで大きくなるかは疑問）
・他臓器のがんの転移（ただし検査では他の臓器にがんは見当たらず）
・脳腫瘍の転移（可能性がゼロとは言えない）

・悪性リンパ腫（血液のがん）
・骨髄炎

そして診断を確定するためにも、早速この翌日から1泊2日で検査入院をして、生検を行うことになりました。

またK先生は、私の痛みのことを大変心配してくださいました。今飲んでいる痛み止めの薬があまり効かないと伝えたところ、「では麻薬を使うレベルですね」ということで、痛み止めの医療用麻薬であるオキシコンチンとオキノームを処方してくれました。

早速、帰り道のタクシーの中でオキノームを飲みました。1包では効かず、最終的には4包を飲んだところで、ようやく痛みが治まりました。それまではとにかく耐えるしかなかった激しい痛みが、ようやく薬で抑えられるようになったのです。これで夜もゆっくり眠れる、と思いました。

翌日、検査入院しました。初めての生検は、痛みもほとんどなく、無事に終わりました。病理診断の結果が出るまでの2週間は、薬で痛みを抑えつつ、不安な日々を送ることになります。

1週間後、がんセンターの先生にメールで連絡をしました。検査入院のときに「結果はどうしても2週間経たないと分からないんでしょうか?」とお聞きしたところ、「1週間後に連絡をもらえれば、途中経過はお伝えできるかもしれません」と言われていたためです。

先生は、すぐに電話をくださいました。「途中経過ですが、悪性リンパ腫であることまでは分かりました。悪性リンパ腫のタイプを特定するために、引き続き検査しています。詳しくは来週の診察でお話しします」とのこと。

この時点で、私の病気は「悪性リンパ腫」であることが確定しました。血液のがんです。

2度目のがん告知でした。

治療しても40%しか助からない病

不安な2週間を過ごした後、病院に行きました。K先生に血液腫瘍科へ案内され、そこの先生から病理診断の説明を受けました。先生は紙に書きながら説明してくれます。

・病理検査の結果、腫瘍の種類は「B細胞性リンパ芽球《がきゅう》性リンパ腫」。悪性リンパ腫の一種。
・悪性度は高悪性度。進行が非常に速い。
・この腫瘍細胞は、「急性リンパ性白血病」と同じ細胞であり、同じ病気とされている。治療も急性リンパ性白血病と同じ治療が標準治療とされている（そのため、本書ではこの病気を「白血病・悪性リンパ腫」と併記しています）。
・標準治療があるため病院による治療成績の格差はない。つまりどこの病院で治療しても同じ。
・標準治療があるとは言え、非常に手強い病気。
・いずれ骨髄移植が必要になるかもしれない。
・治療期間は入院や退院後の維持療法を含めて約2年。

先生の説明を聞いた私は、すぐに質問しました。

「この病気の5年生存率は何％くらいでしょうか？」

先生の答えは、

「40％くらいです」

というものでした。

このときは本当にショックを受けました。

これは、5年以内に死んでしまう確率の方が高いということです。しかも、標準治療（科学的根拠に基づいて、現時点での最良の治療として学会で推奨されている治療）があるのはいいのですが、その標準治療を受けても40％しか助からないというのです。さらに、どこの病院で治療を受けてもそれは変わらない、と。

先生の話を聞きながら、私は考えていました。

「標準治療を超える治療をしてくれる病院を探さなければ」

その夜から、「悪性リンパ腫や白血病に強く、標準治療に留まらない治療をしてくれる病院」を探し始めることになります。

がんの種類が分かるまでの情報収集は無意味

人生で2回目のがん告知も、1回目の脳腫瘍のときと同様、このように段階的に進みました。

（1）痛みの自覚症状が出る
（2）MRI検査で腫瘍らしきものが見つかる
（3）画像診断でがんを含めた5つの可能性が示される
（4）病理検査の途中経過で「悪性リンパ腫」であることが確定
（5）病理検査の最終結果で「B細胞性リンパ芽球性リンパ腫」であることが確定。生存率40％にショックを受ける

このときも、少しずつ可能性が狭まっていくという感じでした。その途中段階では、不安に駆られてネットで治療法や予後をあれこれ調べましたが、最終的に診断が確定するまでに調べたことはあまり意味がありませんでした。なぜなら悪性リンパ腫は30種類以上もあり、そのタイプによって治療法や予後が全く異なるからです。

それよりも、がんの種類が確定してからの動きの方が重要でした。

病院選びは患者数の多さが参考になる

がんセンターの医師からは、「脳腫瘍の再発のリスクもあるため、女子医大病院で治療

を受けるのがよいのでは」と勧められ、女子医大病院宛に紹介状をまとめてくれました。でも自分としてはそのままがんセンターに入院しようかと考えていたため、戸惑いました。その夜、女子医大病院の村垣先生に電話し、がんセンターでの診察結果を報告しました。

並行して、ネットでこの病気に強い病院はどこなのかについて調べました。しかし、「B細胞性リンパ芽球性リンパ腫」という病気そのものについての情報は見つかるのですが、この病気に強い病院についてはなかなか情報が出てきません。そのため「急性リンパ性白血病」「白血病」をキーワードに、それらの患者数の多い病院を調べました。この病気は「急性リンパ性白血病」と同じ病気であり、同じ治療をすることになるためです。すると、がんセンターは白血病の患者数が意外と少ないことが分かりました。ある病院ランキングサイトで東京都の白血病の治療実績を見たら、国立がん研究センター中央病院は上位には入っていません。1位は虎の門病院で、3位に東京大学医学部附属病院が入っていました。この2つの病院は他のランキングサイトでもよく上位に入っています。

こうした状況を踏まえ、やはり治療はがんセンターではなく、少しでも経験値の高い病院で、少しでもよい治療を受けるべきなのではと思いました。

いろいろと調べているうちに、妻があるホームページを見つけて教えてくれました。虎の門病院の血液内科部長の谷口修一先生が、NHKの「プロフェッショナル 仕事の流儀」（2011年10月17日放送）に出演したときの番組のホームページです。

このページを読んで、心に響くものを感じました。特に次の部分です。

〈谷口のもとに来る患者は、重篤な患者がほとんど。教科書や文献を探しても、答えは書かれていない。最善の治療法を、自ら見い出さなければならない。まさに考え抜く「根性」が必要なのだ〉

これを読んで、「標準治療の枠を超えて、自分の病気を治してくれるのではないか」と期待が高まりました。

T君からも「虎の門病院は白血病に必要な、泥臭い治療をしてくれる」と聞いたので、妻と相談した結果、虎の門病院を第1候補、東大病院を第2候補とすることにしました。

村垣先生にも電話でお伝えしたところ、「悪性リンパ腫は無菌室での治療を含めて入院期間が長くなりがちなので、治療が長引いても粘り強く診てくれる病院がいい」など、ネットでは分からない情報を教えてくださいました。

そのお話を聞いてやはり虎の門病院を第1候補にと考えていると、しばらくして村垣先生から電話があり、先生は驚くべきことをおっしゃったのです。

「先ほどの電話の後思い出したんですが、以前ある会で虎の門病院の谷口先生にごあいさつして、その後メールのやり取りもしていました。だから早速谷口先生にメールを送って、高山さんのことをお願いしておきました」

これを聞いて妻と2人でものすごく驚き、ものすごく喜んだのを今でも覚えています。妻は「本当にすごいつながりだね！　グリオーマのときもそうだったけれど、今回も日本で一番の治療を受けられる。本当にすごい！」と喜んでいました。

翌日、村垣先生からメールが転送されてきました。谷口先生からの返信メールでした。そこには、「当院での治療、全然問題ありません」とありました。ちょうどこの翌日の午前中に谷口先生は外来診察に出ているとのこと。虎の門病院の受診が決まりました。

「治しにいきましょう！」と言ってくれた医師

翌5月10日、虎の門病院の内科の外来診察室で、私は谷口先生と初めてお会いしました。NHKのホームページの写真で見た印象そのままの、大きくて優しい印象の、包容力にあふれた先生です。

私は、ひと通りこれまでの経緯や病状を説明した後、「17年後の娘の二十歳の誕生日をおいしいお酒で乾杯してお祝いするのが、僕の人生の目標なんです」とお話ししました。すると谷口先生はこう言ってくれたのです。

「じゃあ、治しにいきましょう!」

非常に力強い一言でした。これを聞いて、本当にうれしく、勇気づけられたのを覚えています。「この先生なら自分の病気を治してくれる」と感じました。

病院選びについては、なかなかこれといった決め手がなく、決められない状況にありました。そうした中、医療の現場にいる村垣先生やT君たちからの情報は本当に参考になりました。

そして、不思議なご縁により、虎の門病院で治療を受けようと心が決まり、納得し、腹に落ちました。「この流れでいけば、きっとこの病気も克服できるはず」と確信が持てた状態です。これまでの人生の中でも、このレベルで納得できたこと、確信できたことは、必ずうまくいっています。これできっと大丈夫だと思いました。

無菌病棟への入院

5月13日に、私は虎の門病院の血液内科に入院しました。

入院した病棟は無菌病棟でした。でも、見た目は普通の病棟と変わりません。病室がガラス張りになっていて、見舞客とはガラス越しに話すというような、昔テレビで見た無菌病棟とは異なっています。見た目に無菌病棟らしい点としては、見舞客が病棟に入る前に、手を消毒して、マスクとガウンを着用することくらいです。

しかし実際は一般病棟と異なり、病棟内はフィルターによりばい菌やカビが除去された空気が流れています。だから患者も無菌病棟内であれば、病室を出て自由に歩きまわることができます。

病室はたまたま病棟の都合により個室になりました。大部屋が空いていなかったようです。

入院当日は、看護師長さんや、主治医となるGY先生、担当医となるMY先生が、あいさつや今後の説明などにいらっしゃいました。谷口先生は血液内科部長として、GY先生の上に位置付けられることになります。

MY先生は、30歳前後のお若い先生で、優しそうな雰囲気を持ち、非常に話しやすい方でした。初めてお会いして、この先生が直接の担当でよかった、と直感的に感じました。

悪名高い骨髄穿刺を初体験

入院2日目の朝は、担当医のMY先生がこの日の処置と翌日以降の予定の説明に来てくれました。

この日は骨髄穿刺《こつずいせんし》をやるとのこと。これは「マルク」とも呼ばれる検査で、腰から背骨に太い注射針を刺して、背骨の中にある骨髄組織を吸引します。そしてその骨髄組織を病理検査し、病気の診断や治療法の検討に用います。

背骨に注射針を刺して吸引するというと、いかにも痛そうに聞こえます。実際、ネットや本では大体「マルクは痛い！」と書いてあります。私もドキドキして検査のときを迎えました。

ところが、ほとんど痛みもなく終了しました。骨髄が吸引されるときにキューッとした違和感があった程度です。「あれ？　もう終わったの？」と、ちょっと拍子抜けするほどでした。

3日目には、前日の骨髄穿刺に続いて、腰椎穿刺《ようついせんし》（髄液検査）をしました。

腰椎穿刺とは、背骨の間に注射針を刺して脳脊髄液《のうせきずいえき》を採取する検査です。腫瘍細胞が中枢神経に浸潤していないかを調べます。

同時に髄注《ずいちゅう》も行いました。これは、抗がん剤を脊髄腔《くう》に注入する治療です。腰椎穿刺で脳脊髄液を採取した後、注射針を抜かないでそのまま直接抗がん剤を注入します。中枢神経に浸潤している可能性のある腫瘍細胞を叩くためです。

この腰椎穿刺と髄注も、骨髄穿刺と同様に痛いという噂でした。でもほとんど痛みはありませんでした。MY先生の手技が上手だったお陰です。

入院して驚いたことの一つに、化学療法においてもこのように意外と手技を伴う処置や検査が多いということがありました。そしてそこでは内科医の「腕」が、手術における外科医の「腕」と同様に大切になります。

私の入院中は、他にCV（中心静脈）カテーテル挿入などの処置がありました。全て処置室ではなく自分のベッドの上で行います。所要時間は15~30分ほどです。短時間の処置と言っても、局部麻酔の注射も使い、背骨に針を刺したり吸引したりと、ときには痛みも伴います。だから医師の技術、具体的には手技の手際のよさ、処置の早さなどが、患者が感じる痛みなどの苦痛の大小に直結します。

その点でも、手技の上手なMY先生が担当してくれたことは幸運でした。

まずは抗がん剤治療を半年

入院4日目の夕方には、主治医のGY先生から今後の治療方針に関する説明がありました。家族も同席することになっていたため、妻も娘をベビーカーに乗せて、来てくれました。

無菌病棟では、子供がお見舞いに来たときにも、病棟に入る際にはマスクとガウンを着用し、手を消毒します。

娘は当時3歳でした。小さい体に、病棟に用意されている大人用のガウンとマスクを身につけて病室まで来てくれました。やはり1人で個室の病室にいるのは寂しいものです。娘と妻が来てくれて、病室が一気に明るくなりました。

夕方、小さな会議室のような部屋で、先生方から治療方針に関する説明を聞きました。

「治療は急性リンパ性白血病と同じ、『Hyper-CVAD/MA』（ハイパーシーバッド エムエー）という抗がん剤治療を行います。全部で6コースまたは8コースやります。1コースで約4週間ですので、6コースで半年ほどかかります。ただ、コースとコースの間には自宅での外泊も可能です」

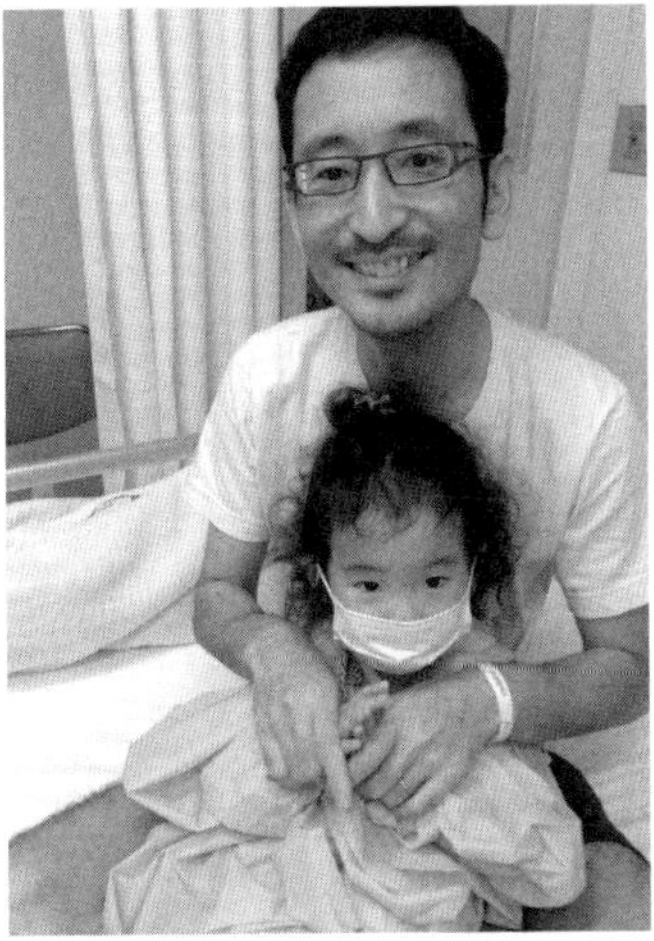

無菌病棟では子供もマスクとガウンを着用

とのこと。さすがに半年の入院は長いな……と思いましたが、途中で外泊ができるとお聞きし、それなら何とか乗り切れるかな、と思いました。そして、

「造血幹細胞移植（骨髄移植、さい帯血移植）が必要かどうか、1コース終わって様子を見てから判断しましょう」

という話もありました。このときには深く考えていませんでしたが、治療が進むにつれ、この骨髄移植の要否については、かなり先生たちと議論することになります。

担当医との議論のスタート

この頃、自分でも治療方法についてiPadを使ってネットで調べていました。

その中で、「がん情報サービス」のサイトの「リンパ芽球性リンパ腫」のページに、以下のような説明があるのを見つけました。

〈2004年にThomas医師（MD Anderson Cancer Center）らは、急性リンパ性白血病に施行されていた強力な化学療法である「Hyper-CVAD/MTX+Ara-C療法」に、6〜8回の脊髄腔内抗がん剤投与を行い、さらに2年間の維持療法を行うことで、完全寛解率91％、3年間の無病生存率66％、全生存率70％という良好な治療成績が得られたことを報告しました〉（当時の掲載内容）

ここにある「リンパ芽球性リンパ腫」や「急性リンパ性白血病」という病名は、私と同じです。そして「Hyper-CVAD/MTX+Ara-C療法」という治療法も、私が受ける治療と同じです。でも先生の説明とこのページの記載内容には大きな違いがありました。生存率です。先生によると生存率は30〜40％、このページによると70％前後です。

これを読んで、早速MY先生に質問してみました。この生存率の違いはどこから来るのか、自分の場合も生存率が70％にならないのか、など。先生の答えは以下のようなものでした。

「私たちも海外の主要な学術誌には目を通していますので、海外の論文で高い生存率を示すデータがあることは知っています。でも、開発されたばかりの治療法は状態のいい患者を選ぶこともあり、治療成績が高く出がちなのです。その後、治療法が世界に広がり、患者数も増えてくると、治療成績は少し落ちて来ます。だから私たちは実際の生存率はもっと低いと考えています。

とはいえ虎の門病院は白血病、悪性リンパ腫の患者数も多いですし、特にさい帯血移植では世界でも最多です。他の病院の方がいい治療を受けられる、ということはないかと思いますよ」

普段は控えめなMY先生の、この内に秘めた自信を感じさせる言葉、そして患者に対する姿勢を聞いて、心強く思いました。そしてこの日が、その後も何度も繰り返された、先生方との治療方法に関する議論の始まりでした。

身体への負担が大きい過酷な治療

入院9日目、いよいよ抗がん剤治療が始まりました。

この治療では、1コース目に「Hyper-CVAD療法」という複数の抗がん剤の点滴を行い、その次に2コース目として、「MA療法」（MTX+Ara-C療法）という別の複数の抗がん剤の点滴を行います。どちらの治療も、点滴から回復期間までを含めた1コースあたり、3～4週間かかります。その後はHyper-CVAD療法とMA療法を交互に繰り返し、合計で6～8コースを行います。

Hyper-CVAD/MA療法は、かなり強い抗がん剤治療と言われています。使う抗がん剤の種類が多いのですが、1回の薬の投与量も多く、1回の点滴時間が48時間など長くなります。副作用も強く、免疫力の低下による感染症のリスクや、内臓へのダメージが大きいとされています。副作用や内臓機能の低下のために全コースを完遂できず、治療を中断せざるを得ない患者さんも少なくないようです。

点滴開始の前日には首にCVカテーテルが挿入されました。抗がん剤の点滴のために、心臓近くの太い血管に管を挿入するものです。

点滴が始まる日の朝、MY先生が来て、以下のような話で安心させてくれました。

「いよいよ今日から抗がん剤治療がスタートですね。今日はそれほど強い薬ではありません。だから点滴してすぐに副作用でグデーッとなるようなことはないと思いますよ。どちらかというと、副作用は徐々にボディブローのように効いてきます。でも最近は吐き気止めの薬も進化してますから、思ったほど大変ではないと感じるのではないかと思います」

その後、薬剤師さんが、抗がん剤や吐き気止めなどの説明の後、「便秘の予防も大切です。便秘がひどくなると、腸の動きが止まって、腸に穴が空く場合もありますから。薬でコントロールしていきましょう」と言っていました。このときは、「はいはい、はいはい」という感じで聞いていたのですが、その後本当に大変な思いをした副作用について、この時点ですでに説明があったことに、後から気づきました。

そして吐き気止めを点滴し、続いて抗がん剤のエンドキサンを点滴しました。

抗がん剤治療の1日目は、さすがにドキドキしながら迎えたのですが、副作用についてはほとんどなく、順調に終わりました。

消えたポジティブシンキング

抗がん剤治療開始から4日目に、少しずつ抗がん剤の副作用が出てきました。倦怠感や頭痛のため、ベッドに横になって、イヤフォンで音楽を聞いて気を紛らわせるような時間が増えていきます。

この日は、どぎついオレンジ色をした抗がん剤のドキソルビシンの点滴を24時間行い、その後オンコビンを注射しました。

担当看護師のKさんが、「治療に当たって、悩みや不安などはありますか?」と話を聞きに来てくれました。私は、「半年以上という治療の長さ、その間続くであろう抗がん剤の副作用、そしてその治療に耐えられたとしても治る確率は高くないという事実に、不安を感じるというか、途方に暮れています」と率直に伝えました。

その翌日から、徐々に副作用による倦怠感や気分の悪さが強くなってきました。それとともに、看護師さんに話したような不安感で、精神的にも弱気になり、気分が落ち込んでいきました。

私は昔から一貫してポジティブシンキングでした。そうでなければ、成功する可能性の方が低いベンチャーの起業はしていないと思います。

このポジティブシンキングは、2年前の脳腫瘍治療の入院中にも一貫していました。「この先生たちに手術してもらえればきっと治る！　絶対に治す！」という前向きな気持ちが揺らぐことはなく、ずっと前向きのまま、2ヶ月の入院と手術を乗り越えました。

しかし、今回の白血病・悪性リンパ腫治療においては、そうはいきませんでした。肉体的に副作用に悩まされるようになるにつれ、精神的にも弱気になっていきます。もはやポジティブシンキングなどすっかりどこかに消えてしまいました。人生で初めて味わう気持ちでした。

抗がん剤で減少した白血球や赤血球はどう増やす?

抗がん剤治療開始から6日目に、1コース目の抗がん剤の点滴は一段落となりました。その翌日の血液検査から、白血球が減少してきました。抗がん剤の副作用の一つです。そのため、白血球の数を増やす薬(ノイトロジン)の皮下注射が始まりました。白血球が十分に増えるまで、毎日、左右の上腕部に交互に注射します。赤血球や血小板が減った場合は輸血をします。

よい細胞も悪い細胞も見境なくやっつける抗がん剤で減ってしまう正常な血液細胞は、薬で強制的に増やしたり、あるいは輸血で外から調達したりするのです。こう考えると、抗がん剤治療はちょっと過激な治療に思えます。

抗がん剤治療開始から7日目の夜、突然激しい腹痛が起きました。みぞおちを中心に胃全体が締め付けられるような痛み。そして全身にできたじんましんのかゆみ。その後、症状は腸に下りてきて、病室内にある便器に座ったものの、便意と同時に激しい吐き気も来ました。でもこの頃は抗がん剤の副作用の食欲減退であまり食事がとれておらず、吐こうとしても吐くものがありません。

便座に座ったり便器に顔を突っ込んだりを交互に繰り返しながら、何とかナースコールに手を伸ばして押すと、看護師のMさんたちが来てくれました。Mさんが担当医のMY先生に電話で連絡を取り、指示された薬をもらってとりあえず飲みました。

全身は大量の冷や汗でびっしょり。しばらくしてようやくMY先生が病室に来てくれ、採血をしたり点滴を追加したりしました。そのお陰か胃腸の症状はある程度治まりました。

今になって振り返ってみると、抗がん剤治療による胃腸へのストレスに加えて、先の見えない治療と慣れない入院生活から来る精神的なストレスが、抗がん剤治療開始1週間が経ったところで身体的症状に出たのではと思います。この夜の出来事は、入院期間中でいくつかあった最も辛かったことのうちの一つでした。

注射針を7回刺し直した朝

この頃、朝の採血で、看護師さんが注射に失敗することが増えてきました。

私の腕の血管は、脳腫瘍治療での入院と、その後の通院での抗がん剤点滴や採血などにより、徐々に硬くなっていたのです。

左右の腕の、血管を捉えやすい場所に注射を繰り返すたび、その部分の血管は硬くなり、刺せる場所は少なくなっていきます。注射針が血管に刺さらなかった場合、皮膚の下で針を動かして血管を探ります。それで血管に刺されればまだいいのですが、そうでなければ、1回針を抜いて、腕の別の場所に刺し直すことになります。

ある朝の採血のときには、数人の看護師さんが入れ替わりで失敗を繰り返した挙句、最終的に7回も注射針を刺されたことがありました。

血液がんの場合、入院中は2日に1回は採血があります。それ以外にも熱を出したときなどには随時採血をします。1回の検査で両腕から採血する必要があることもあります（血液培養検査）。採血以外に点滴の注射もあります。

血液内科における注射の多さは、外科との大きな違いの一つです。少なくとも脳神経外科での2ヶ月の入院では、手術時と抗がん剤治療の点滴を除くと、注射は本当に数えるほどしかしなかったように記憶しています。検査も治療も注射が中心となる、血液内科ならではだと思います。

看護師さんの証言「病は気から」

抗がん剤治療開始から13日目に、看護師のWさんから、「個室から4人部屋に移ってもらえますか」と言われました。

もちろん個室の方が何かと気が楽なのですが、差額ベッド代を払ってまで個室に留まるつもりはありません。まだまだ何ヶ月も続く入院生活では、1日数万円の個室料金は、最終的にはすごい金額になってしまいます。

病室の引越しの後、手伝ってくれたWさんと、しばしお話をしました。この無菌病棟に数年勤務されているWさんは、たくさんの白血病・悪性リンパ腫の患者さんを見てきました。この頃の私は治療方針に悩んでいて、具体的には移植をすべきかどうか考えているという話をすると、非常に参考になる話を聞かせてくれました。

「患者さんにとって、『自己効力感』というか、『自分で病気を治そうという意志』が大切です。高山さんはその意志があるので回復も早いと思いますし、看護師としても対応しやすいです。やはり『病は気から』というのは真実だと思います。

しばらく前に、高山さんよりも少し年上の患者さんが、やはり同じ療法を6ヶ月受け、寛解に至って退院し、その後は通院しながら仕事にも復帰されました。移植をせずに、抗がん剤治療だけで寛解に至り、5年経過する人も実際にいます。

高山さんは小さい娘さんもいますし、やるべきことがたくさんありますから、生きないといけません。でもそういう生きる意志を持った人は、治り方も違うと思います」

これを聞いて大変勇気付けられました。先生の話も重みがありますが、実際に多くの患者さんと長時間接している看護師さんのお話も、非常に説得力があると感じました。

副作用で便秘から腸閉塞に

引越しの後、夕方になるにつれ、胃が痛くなってきました。看護師さんに相談し、胃薬を飲みましたが、夜になっても胃の痛みは治まりません。加えて、便秘になっていることに気づきました。下剤を増やしましたが、便秘は一向に改善しません。

日が経つと、だんだんお腹が苦しくなっていきました。便秘はどんどんひどくなり、食べたものが胃から腸に下りていっていないことが自覚できるほどになりました。腸は動かず、以前食べたものやガスが溜まっています。それで膨れた腸が胃を圧迫します。でも胃から腸にものが下りていかないため、胃にも消化されない食べ物が溜まり、それが膨れた腸によって圧迫され、胃も腸も痛みます。便秘から腸閉塞（イレウス）になってしまいました。

動かない腸を動かすために点滴を打ったり、下剤を1瓶まるごと飲んだりもしました。

でもあまり効果はありません。とにかくお腹が苦しく、痛く、倦怠感も強く、全く何もできず、ただただお腹を抱えて横になって辛さを耐え忍ぶしかないという状況でした。

本を読むことやｉＰｈｏｎｅをいじることはおろか、音楽を聞くこともできません。とにかく横になって痛みに耐え、天井を見つめていただけでした。痛みが一時的に弱まって眠ることができればラッキーでした。

お腹の苦しさから、食事は全くとれなくなりました。それどころか水も薬も飲めなくなりました。でも薬を飲まなければ余計に副作用はひどくなってしまいます。看護師さんに手伝ってもらって無理やり水で薬を流し込むという状態でした。

ものが全く食べられないため、体重は毎日1キロずつ減っていき、この時点で入院前から10キロ減って49キロになっていました。「このまま毎日1キロずつ減って、最終的にはゼロになって死んでしまうのではないか」と本気で思いました。毎日体重が減っていくのが怖かったため、無理をして少しでも食べようとするのですが、ものを食べると胃に刺し込むような痛みが走ります。

時間の感覚も全くなくなりました。夕飯が出てきたので何とか一口でも食べなければと、がんばって起きて時計を見たら、まだお昼だった、というような状態でした。

この時期は、身体的な苦痛に加え、精神的にも辛い時期でした。この辛い治療はまだまだ何ヶ月も続きます。さらに、先の見えない辛い抗がん剤治療を受けても、この病気が治る保証はどこにもありません。最初に言われたように、5年生存率は40%です。こうした事実から、精神的にも落ち込んでいました。

自分が底なしの深い海に沈んでいくようなイメージが何度も頭に浮かびました。

虎の門病院の13階にある病室の窓から見える、周囲のビルの屋上をベッドから眺めながら、「あそこから飛び降りたら、この苦しみから逃れられるんだろうか」という考えが頭をよぎったこともありました。

常に強気でポジティブに生きてきた自分は、それまでの人生で自殺なんて全く考えたこともありませんでした。がん患者が高い確率でうつ病になるということが理解できました。

ただ生きる、今はそれしかできない

腸閉塞の苦しみが続く中、私の様子を見かねた看護師のMさんが、「ここまで来たら、もう浣腸をした方がいいと思います。本当は薬で出した方がいいんですが、あれだけ下剤を飲んでも出ないようですから、浣腸をした方が楽になると思います。嫌かもしれませんが」と言いました。

私はとにかく苦しかったため、嫌だとか恥ずかしいとかそういう気持ちは全く起きず、「それで楽になるんであればぜひお願いします」と即答しました。

実施後は、さすがに即、効果があり、トイレに駆け込みました。完全にすっきりしたわけではありませんが、お腹は大分楽になりました。

この日を境に、お腹の状態は好転していき、少しずつものが食べられるようになっていきます。

日々、自分の身体の状態、痛みの具合、お腹の調子はいろいろ変わりますが、それでも入院生活の中のイベントはがんばってこなしていかなければなりません。

毎朝の体重測定、3度の食事、その後の薬、歯磨き、また不定期に入るレントゲンやMRI検査等。痛くても、体力的に辛くても、やっていかねばなりません。そして夜になると、お腹の痛みに耐えながらがんばって寝ます。

とにかくこの頃は、一日一日、一つ一つ乗り越えて生きていくしかない、と思っていました。目の前のことをがんばって乗り越えていくだけで精一杯で、そこに自分の意志はありません。自分で何かを考える余裕はありません。何か体調に問題があったら、先生や看護師さんに報告して、後は委ねるだけです。

ベッドに横になり、天井を見つめながら、そんなことを考えていました。本も読まず勉強もせず音楽も聞かず何もせず、ただ生きる。今はそれしかできない、と思っていました。

そして、この週末に予定されていた外泊は、胃腸の副作用が続いていたために延期になってしまいました。

腫瘍が小さくなったMRI画像

6月12日、抗がん剤治療開始から23日目に、MY先生が前々日に撮影したMRI画像を持って来てくれました。

MY先生の説明は「明らかに腫瘍が小さくなっています。仙骨から左足に出ている神経の圧迫も減っているように見えるので、左足の痛みも軽減しているのではないでしょうか」というものでした。

確かに、黒い影が小さく、また色も薄くなっています。痛みも軽くなってきています。このMY先生の説明を聞きながら画像を見て、「ああ、腫瘍が小さくなっていてよかった。今の抗がん剤が自分のがん細胞に効いてよかった」と心から思いました。

その翌日、外泊許可が出ました。約1ヶ月ぶりの自宅です。

妻とタクシーで自宅に帰り、2人で娘の保育園にお迎えに行きました。私を見つけた娘は、「あ！　パパだ！　パパだ！　パパだ！」と文字通り飛び出してきました。私は「パパだよ、パパ帰って来たよ」と娘を抱きしめました。

帰宅した日の晩は久しぶりに家族3人での食卓でした。病院食に嫌気がさしてきていた私には、妻の手料理が本当にありがたかったです。そしてなによりも、カーテンに囲まれた病院のベッドで1人食べる食事と違って、家族3人で食べる食事は、本当においしく、楽しいものでした。幸せを実感しました。

久しぶりに自宅に帰って一晩明けた土曜日。妻に髪の毛を剃ってもらいました。抗がん剤の副作用で数日前から髪の毛が抜け始め、中途半端に髪の量が少なく、髪が薄くなってしまっていたためです。シャワーを浴びると排水口に大量の髪の毛が溜まるような抜け方でした。そのため一気に剃ってもらいました。人生初のスキンヘッドです。

翌日の日曜日は、すっかり忘れていましたが父の日でした。夕方、家を出て病院に向かう前に、娘が手紙を持ってきてくれました。そこには娘が描いた絵と、妻の書いた「パパいつもありがとう。はやくよくなってね」というメッセージがありました。

娘はこの手紙を私のところにトコトコと持ってきて、「パパ、病院がんばってね！」と言って渡してくれました。

3歳の娘にそう応援され、びっくりするとともに、「子供は親が思う以上にいろいろ分かっているんだなあ」と感心し、感激してしまいました。

ネットで海外の学術論文を調べる

そんな頃、手の指先の第1関節から先にしびれを感じるようになっていました。

外泊から病院に戻った翌朝、GY先生に聞くと、「手足のしびれは、抗がん剤のオンコビンの副作用による末梢神経障害です。これが胃腸の働きを鈍らせて便秘等の原因にもなっています」とのことでした。

このしびれは、その後、足の裏にも感じるようになります。

翌日、2コース目のMA療法の点滴が始まりました。抗がん剤のメソトレキセートとキロサイドを大量に点滴します。

この時期は倦怠感があり、一日中寝て過ごしがちでした。食欲も落ちてきていて、食事は半分ほどしか食べられません。それに加えて38度を超える発熱もありました。

そんな状態でしたが、数日間の点滴で、抗がん剤治療の2コース目が何とか無事に終わりました。

この頃はｉＰａｄを使って、自分の病気に関する国内や海外の最新の学術論文などを調べるようになっていました。ネットで調べて、Ｅｖｅｒｎｏｔｅ（メモ保存アプリ）に保存し、辞書を引きながら読むのです。

特に、骨髄移植、さい帯血移植などの造血幹細胞移植をせずに私と同じ病気が治った（高い3年生存率を示した）という論文を一つでも多く見つけようとしていました。Ｅｖｅｒｎｏｔｅを見ると、この頃だけで30以上の論文が保存されています。

造血幹細胞移植は、健康な造血幹細胞を患者に移植し、その免疫反応によりがん細胞を根絶する治療です。

そのうちの「骨髄移植」は、骨髄バンクで見つけたドナーから採取した骨髄液を患者に点滴します。「さい帯血移植」は、赤ちゃんが生まれたときのへその緒から採取した、さい帯血を点滴します。

どちらも実際の処置としては手術というよりも輸血に近いものですが、前処置（がん細胞を根絶し、移植による拒絶反応を抑えるための強力な抗がん剤投与や放射線全身照射）

や、治療後の合併症などの患者への負担が非常に大きな治療です。

まず、移植をしたことが原因で死んでしまうこと（移植関連死）が一般に2～3割（経験豊富な虎の門病院でも1～2割）もあります。

また治療期間も3ヶ月～半年、人によっては1年以上もかかります。

移植後はGVHD（移植片対宿主病《いしょくへんたいしゅくしゅびょう》）という合併症に悩まされます。発熱や下痢、肝機能障害などです。

ある患者さんは、ひどい合併症のため2ヶ月にわたり口から一切ものが食べられなかったとのことでした。2年間も退院できないでいる患者さんもいました。

移植に成功して退院した後も、日常生活にさまざまな制限が課せられます。食べ物の制限、外出の制限などです。移植を受けて退院した患者さんが「もとの生活や仕事を取り戻すまでに3年かかりました」と言っていたという話も看護師さんから聞きました。

さらに、移植しても根治せず、また再発してしまうケースも1～2割はあります。これらを考慮すると、移植による長期生存率は6～7割程度ではないか、と先生方は言っていました。

一方、学会内では、私と同じ病気において、移植をすべきかどうか、するならいつのタイミングですべきかについては、明確な指針やエビデンス（根拠を示すデータ）がありません。最初のがんセンターでの説明では標準治療があるとのことでしたが、実際は移植については明確な方針が定められていないのです。

こうした背景から、私は「なんとか移植をせずに自分の病気を治したい」との思いで、それを裏付けるような論文を海外の学術情報サイトなどで探しました。

そして連日、それらの論文をMY先生にぶつけて、治療方針について議論していました。先生はいつも嫌な顔一つせずに長い時間付き合ってくださいました。

浴室での流血騒ぎ

そんな時期に、病棟を騒がせるちょっとした事件を起こしてしまいました。

抗がん剤治療の2コース目も一段落したので、久しぶりにシャワーを浴びたのですが、シャワーから上がり、脱衣所で着替えているときに突然気分が悪くなりました。「これはやばい」と慌てて脱衣所にあった椅子に座ったものの、意識が遠のいて、気づいたら履き物置き場に頭から倒れ込んでいたのです。頭をドアにぶつけたらしく、額から流血し、床に血溜まりができ、Tシャツに血が飛び散っていました。

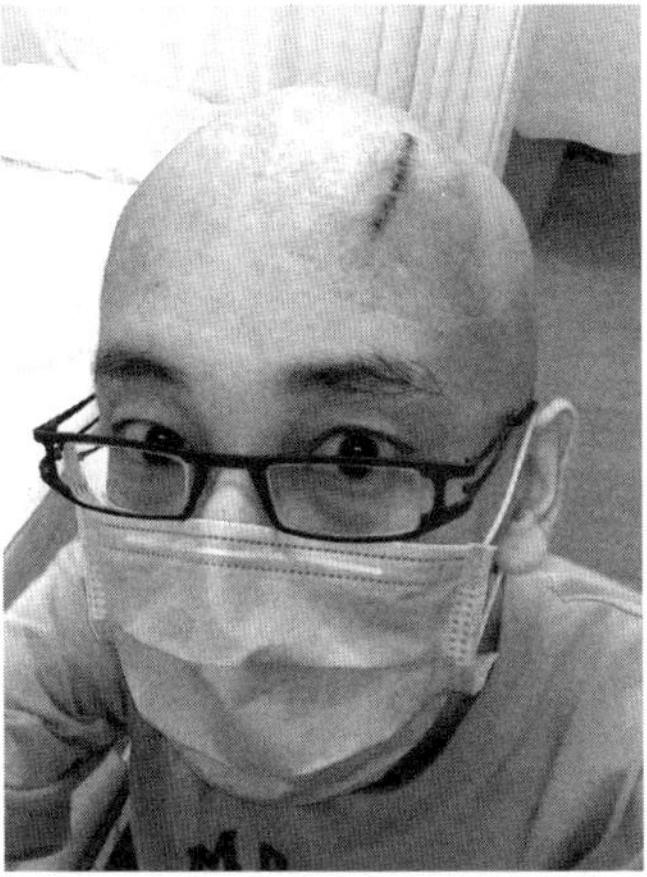

スキンヘッドにできた5センチの傷

流血した頭をバスタオルで押さえつつ、フラフラしながら浴室内に戻って何とかナースコールを押すと、看護師さんや先生たちがびっくりして飛んで来てくれました。

ガーゼで止血し、点滴をした後、頭部のCT検査をしましたが、結果は問題はありませんでした。かなり激しく打った感じがしたのと、2年前の脳腫瘍の手術のことがあったので心配しましたが、CTの結果を聞いて安心しました。

それにしても、2年前の脳腫瘍手術に続き、まさかこの入院でも頭を縫うことになるとは思いませんでした。

これも入院中に最も辛かったことの一つです。

骨髄移植をすべきか？

7月1日。入院からちょうど50日目。この日、主治医のGY先生から、家族を交えてその後の治療方針に関するお話がありました。

まずは治療の選択肢について説明してくれました。化学療法だけでは8～9割は寛解を得られるが結局3分の2は再発してしまうこと、移植による長期生存率は6～7割であることも教えてくれました。

私は移植を避けたいと思っていたので、その点を改めて先生にお聞きすると、「個人的な感覚としては、どちらかと言えば移植をした方がいいんじゃないかと思います。でも生存率等のデータでははっきりとは言えません」とのこと。

私たちが悩んでいると、GY先生は、「他の病院にセカンドオピニオンを聞きに行ってもいいですよ」と提案してくれました。まさか先生の方から、他の病院にセカンドオピニオンを聞きに行くことを提案してくれるとは思わなかったので、驚きました。患者の立場にしっかり立っているのと同時に、自分たちの治療に自信があるということだと感じました。

しばらく考えた上、「血液内科部長の谷口先生ともお話しさせていただけませんか？」とGY先生にお願いしてみました。GY先生は快く了承してくださいました。

そして当面は以下のような治療方針とすることになりました。

・今の化学療法を8コースやり切って寛解を目指す。第1寛解期での移植は考えない。
・その後もし再発したら、再度化学療法をやって、第2寛解を目指し、その後に移植する。
・ただ念のために血液の型（HLA型）の検査と骨髄バンクのドナーの検索はしておく。

調べつくした果ての、諦めと納得

GY先生は忙しい中、1時間以上も時間をとって、丁寧に説明してくれ、質問にも答えてくれました。一方的に治療を押し付けるのではなく、患者の立場に立った対応は、本当にありがたく思いました。

その後、家族も帰り、病室で1人になって改めて今後の治療のことを考えました。

この時期は、毎日、時間があれば海外の論文を探して読んでばかりいました。最終的には50本前後は読んだのではないかと思います。でも、必要なデータはもう十分得られたようにも感じました。そして、GY先生とも十分に話して、当面の方針についてもお伝えしました。

そうしたことを踏まえ、「もうこれ以上調べたり考えたりしてもしょうがない。目の前の治療を進めるしかない！」と考えるに至ったのです。そして、「しばらくは論文を読むのをやめて、映画でも見てゆっくり過ごそう」と思いました。実際、Ｅｖｅｒｎｏｔｅを見ると、この日を境にぷっつりと論文が保存されていません。

ある意味での諦め（考えても仕方がない、自分は治療を受けるだけ）と納得（論文は調べつくした、先生とも話しつくした）により、悩んで張りつめていた気持ちがようやく少し緩みました。

あと17年生きるためには何が最善か

ＧＹ先生と話をした翌日の夕方、びっくりすることがありました。谷口先生が、突然ふらっと私の病室に来てくださったのです。お忙しい谷口先生とは、看護師さん経由で事前に時間を調整して、別室でお会いすることになるものと勝手に考えていたので、突然の来訪には驚きました。

谷口先生はベッドのカーテンを開け、私の顔を見ると、「ちょっと痩せた？」と言いました。初めての外来診察のときのことを覚えてくださっていたようです。谷口先生は、ＧＹ先生から私の治療の状況はもちろん、海外の論文を読んでいることも聞いていたようで、次のようなお話をしてくれました。

「結論から言うと、高山さんの場合は、移植をした方が長く生きられる確率は高いのではないかと思います。再発してからの移植だと、第2寛解に持ち込めないケースもありますし、再発する場所によっては治療が難しくなります。そして結果的に治療期間が非常に長くなります。だから早い段階で移植をした方がいいと考えています。

移植は確かに大変な治療です。だから高齢の患者さんだったら移植は勧めません。でも高山さんはあと最低17年生きる必要があります。病気を治さないといけません。そのためにも、第2寛解ではなく早い段階で移植をした方が治せる確率は上がるのではないかと思います」

谷口先生は、私のベッドサイドの椅子に座り、紙に生存率のグラフを描きながら丁寧に説明してくれました。

数十分も話し、私の質問にも丁寧に答えてくれた後、谷口先生は「でも今すぐ結論を出さなきゃいけない話ではないので、また話しましょう」と言って、病室を後にされました。

谷口先生の話で、また私の迷いは深くなりました。「やはり移植か……」という思いに再度傾いていきます。

ただ、谷口先生が、最初の外来診察のときに私が言った「17年後の娘の二十歳の誕生日をおいしいお酒で乾杯してお祝いするのが、僕の人生の目標です」という話を覚えていてくれたのはうれしかったです。本当に一人ひとりの患者を見て治療に当たられているんだな、と改めて実感しました。

生き延びるスイッチがオンになった日

7月5日の朝、いつものように病室に顔を出してくれたMY先生はうれしいニュースを持って来てくれました。

「高山さん、検査の結果、リツキサンが使えます！」

私は、この「リツキサン」が使えるか使えないかで生存率が大きく違うという報告を、海外の論文で多数見ていました。

リツキサン（リツキシマブ）は、いわゆる「分子標的薬」というもので、抗がん剤のように正常細胞まで攻撃してしまうことなく、がん細胞だけをターゲットに攻撃します。ただ、私の病気の場合、腫瘍細胞にCD20抗原が見つからなければリツキサンは効果がありません。その確率は半々だとMY先生は言っていました。だから、この病理検査の結果をドキドキしながら待っていたのです。

検査の結果、幸いなことにリツキサンが使えることになりました。うれしくて、すぐに妻にメールしました。一気に気持ちも前向きになりました。「これで自分は生き残れる。生き延びるためのスイッチがオンになった」と感じました。これはその後、治療方針を固めていく上でも非常に重要なキーとなるイベントでした。

その日の夕方、2回目の外泊で自宅に戻りました。

2つの抗がん剤治療がともに奏功

7月9日。この日から、3コース目の点滴が始まりました。

点滴中にMY先生が、前日に撮影したMRIの写真を持って来てくれました。

「前回の検査よりも、腫瘍の影は小さくなっています。1コース目も、2コース目も、どちらも腫瘍に効いているということです」

これは非常にうれしいニュースでした。このまま治療を続けていけば、抗がん剤治療だけで、がんを全部やっつけられるのでは、という希望が持てました。

その翌日、MY先生とロビーでお会いしたので、私はちょっと思い切った質問をしてみました。

「移植のこと、先生自身が私の立場だったらどうしますか?」と。

するとMY先生は、少し考えて、率直に、真摯に、こう答えてくださいました。

「難しい質問ですね。自分は高山さんと違って、結婚していませんし、子供もいません。家族は親だけです。その意味では、子供のことなどあまり長期のことは考えなくてもよいので、まずは短期的に考えて、化学療法だけで終えるかもしれません。そうすればすぐに仕事に復帰できます。でも、自分の性格上、最初から強い治療、つまり移植を受けて、完治を目指すかもしれません」

この答えを聞いて、「やはりMY先生としては、化学療法だけではいずれどこかで再発してしまうというのは前提になっているようだな」と感じました。この答えにはまた悩まされてしまいました。

そんな中、7月14日、いよいよ分子標的薬「リツキサン」の初めての点滴がありました。点滴中は、リツキサンが体内のがん細胞を狙い撃ちにしてやっつけていくことをイメージしていました。イメージ療法です。

11時半頃に始まったリツキサンの点滴は、17時過ぎに終わりました。これで今回の3コース目の点滴はひと通り終了となりました。当初の予定だった6コースの半分となります。辛い治療も、少しずつ、少しずつ前に進んでいる、と実感できました。

「適合ドナーはゼロ」に背中を押される

7月18日の朝、MY先生が病室に来て、驚くべき報告をしてくれました。数日前に念のために行った、血液の型の検査に基づく骨髄バンクのドナー検索の結果です。検査の前は、適合するドナーが数名は見つかるでしょうという話でした。しかしMY先生が教えてくれた結果は全く異なるものでした。

「適合するドナーさんはゼロでした。骨髄移植はできません。移植をするのであれば、さい帯血移植しかありません」

このあまりにも予想外の結果に、純粋にびっくりすると同時に、「やはり、移植をせずにとにかく化学療法をやり切ろう」という方針で、完全に気持ちが固まりました。

この日、人知を超えた大いなる存在（例えば神様のような存在）から、次のように言われた気がしました。

「君には人様の骨髄やさい帯血は必要ない。君は移植をしなくても、薬だけで治る。今の治療以上の闘病ももう必要ない。骨髄やさい帯血は、他の患者さんのためにとっておきなさい」

痩せ過ぎた体は寝るのも苦痛

7月22日。この時期は、3コース目の抗がん剤治療の副作用で便秘気味になっていました。腸の動きが弱くなっている感じです。1コース目のときに、ひどい便秘と腸閉塞に苦しみましたが、今回もやはり同じ状況になりつつありました。

しばらくすると今度は便秘から下痢になってしまいました。下剤の調整がうまくいかなかったようです。

下痢が続いていたため、体重は減少していきました。下痢による脱水症状になっていたようです。口からものを無理に食べても、腸で吸収されずに全部出てしまいます。体重が減れば体力も落ちます。そうすれば治療は先延ばしになりますし、退院ももっと先になってしまいます。焦りました。

体力が落ちたため、歯磨きに行くにも足元がふらついて、付き添いが必要な状態です。あまりに痩せてしまったため、ベッドに寝ていると肩甲骨や肋骨がマットレスに当たって擦れ、痛みを感じるようになってしまいました。まさに文字通り骨と皮だけという状態です。看護師さんにお願いして、マットレスの上にベッドパッドを2枚重ねて敷いてもらいました。

MY先生は、「明日の朝も体重が減っていたら、点滴で栄養を入れましょう。悪循環から出ましょう。それから、外泊は体力の回復次第ですね」と言いました。

本当は、翌日からの土日に外泊で自宅に戻るはずだったのです。家に帰るのを楽しみにしていたため、先生のこの言葉には涙が出ました。でも体は脱水症状で力が入らず、食欲もなく、外泊どころではありませんでした。

帯状疱疹を発症、個室へと隔離

その5日後の朝、背中の右側の肩甲骨あたりに痛みを感じました。痩せたために肩甲骨がベッドに擦れて、皮がむけたのかと思っていましたが、MY先生が患部を見てくれたところ、「帯状疱疹《たいじょうほうしん》かもしれませんね」とのこと。その後MY先生は検査キットで発疹を潰して体液を採取していきました。

翌朝、MY先生が来て、検査結果を教えてくれました。やはり帯状疱疹とのこと。でもこのときは、帯状疱疹がどんな病気かは全く知りませんでした。まさかその後、帯状疱疹後神経痛にまでなって、何年も激痛に苦しむことになるとは思いもしませんでした。

翌日から始める予定だった抗がん剤治療の次のコースは延期し、感染予防のために個室に移ることになりました。隔離です。

個室への引越しをしながら、このように考えていました。

〈結局、自分としては、今、目の前のことに集中して、後は流れに身を任せていくしかない。「次のコースが始まるまでにがんばって体力を回復しよう、そのためにがんばって食べよう、歩こう」などと焦っても、胃腸が動いていなければどうやっても食べられないし、下痢ならば食べても栄養は吸収されない。

「いつまでにがんばろう」ではなく、「今」に集中し、大きな流れに身を委ねて、自分にできることをやっていくしかない。その先に結果としていい未来があるはず。だから、食べられなければ食べなくていい。無理する必要はない。今は休むとき。今回の帯状疱疹は、それを確認するいい機会〉

個室に移ってから早速、スピーカーを出して、ｉＰｈｏｎｅで音楽を流して聞きました。大部屋ではイヤフォンを使うのが面倒で、音楽もほとんど聞いていませんでした。

久しぶりに音楽を聞いていたら、「やはり知らないうちに入院生活のストレスを感じていたんだな」と実感しました。他の患者さんとトイレのタイミングが合わないように気を使ったり、看護師さんと話している内容が耳に入ったり、点滴ポンプの電子音や廊下を歩く音、咳払いの音が気になったり、等々。

個室に移って、音楽を聞いて歌を口ずさんでいるだけで、気持ちが楽になり、ストレスが消えていく感じがしました。

体重が増えることは命の長さが延びること

帯状疱疹発症から7日が経った頃、背中の痛みが強くなってきました。MY先生に相談した結果、痛み止めの服用量を増やすことになりました。先生は「痛みがひどければ薬で対応しますから遠慮なく言ってくださいね」とのこと。

痛みは強いものの、個室に来たメリットも実感していました。実際、仲のよい看護師のWさんが来たときに「高山さんは個室に来てから表情が明るくなりましたね」と言われたのを覚えています。また抗がん剤はお休みしているため、副作用の胃腸の痛みや不調はありません。食欲はあり、しっかり食べられていました。

帯状疱疹発症から11日後、ついに体重が50キロ台を回復しました。50・90キロでした。これはうれしかったのを覚えています。一時は抗がん剤の副作用で毎日体重が1キロずつ減っていき、このまま死んでしまうのかと思ったこともありました。だから当時の自分にとって、体重が増えることは命の長さが延びることに直結していました。

MY先生はこんな話をしてくれました。

「治療でいろいろなことが起きたときに、プラスに対処できる人と、逆にマイナスに落ちていってしまう人がいます。落ちていってしまうと、治療も完遂できません。高山さんが帯状疱疹になってしまったのは残念でしたけれど、この機会に体力をつけて、今後の治療に備えましょう」

帯状疱疹発症から20日後の夜、ずっと延期になっていた外泊許可が出ました。翌日の金曜日から日曜日まで外泊です。延期になっていた分、うれしい外泊でした。

外泊から戻った翌々日には予定通り抗がん剤治療が再開されました。4コース目です。

帯状疱疹後神経痛は話もできない激痛

8月23日。この頃、帯状疱疹はかさぶた化して皮膚症状はかなり落ち着いていたのです

郵 便 は が き

料金受取人払郵便

代々木局承認

6948

差出有効期間
2020年11月9日
まで

1 5 1 8 7 9 0

203

東京都渋谷区千駄ヶ谷 4-9-7

(株) 幻 冬 舎

書籍編集部宛

1518790203

ご住所 〒 都・道 府・県	
	フリガナ お名前
メール	

インターネットでも回答を受け付けております
http://www.gentosha.co.jp/e/

裏面のご感想を広告等、書籍の PR に使わせていただく場合がございます。

幻冬舎より、著者に関する新しいお知らせ・小社および関連会社、広告主からのご案内を送付することがあります。不要の場合は右の欄にレ印をご記入ください。 不要 □

本書をお買い上げいただき、誠にありがとうございました。
質問にお答えいただけたら幸いです。

◎ご購入いただいた本のタイトルをご記入ください。

『　　　　　　　　　　　　　　　　　　　　　　』

★著者へのメッセージ、または本書のご感想をお書きください。

●本書をお求めになった動機は？

①著者が好きだから　②タイトルにひかれて　③テーマにひかれて
④カバーにひかれて　⑤帯のコピーにひかれて　⑥新聞で見て
⑦インターネットで知って　⑧売れてるから／話題だから
⑨役に立ちそうだから

生年月日	西暦　　年　　月　　日（　　歳）男・女			
ご職業	①学生	②教員・研究職	③公務員	④農林漁業
	⑤専門・技術職	⑥自由業	⑦自営業	⑧会社役員
	⑨会社員	⑩専業主夫・主婦	⑪パート・アルバイト	
	⑫無職	⑬その他（　　　　）		

このハガキは差出有効期間を過ぎても料金受取人払でお送りいただけます。

ご記入いただきました個人情報については、許可なく他の目的で使用することはありません。ご協力ありがとうございました。

が、徐々に痛みが強くなってきていました。帯状疱疹の水ぶくれが治った後も神経の痛みが残る、帯状疱疹後神経痛に移行していました。

あまりにも痛く、お見舞いに来てくれた妻と話もできないような状態でした。痛みが激しくなるとナースコールで看護師さんを呼び、鎮痛剤を点滴してもらいました。

その翌日、4コース目が終わりました。でも帯状疱疹後神経痛の激痛でその喜びを味わうどころではありませんでした。

その激痛を抑えるため、この日から医療用麻薬のフェンタニルを点滴してもらうことになりました。モルヒネの100〜200倍の効果があると言われる合成麻薬です。これはさすがによく効きました。

ただその翌日、何となくろれつが回らないような気がして、朝、MY先生に相談しました。すると、「フェンタニルのせいかもしれないので、点滴の流量を下げましょう。ふらつきなども出るかもしれないので、歩くときは注意してください」とのこと。

しばらくすると、今度は物忘れがひどくなっていました。看護師さんに同じことを何度も聞いてしまいます。お見舞いに来てくれた妻にも「最近忘れっぽくなった？」と心配されたりしました。それでも痛みを抑える効果には代えられませんでした。

この帯状疱疹後神経痛には現在も悩まされています。肉体的な痛みがあると精神的にも後ろ向きになります。疼痛《とうつう》管理の大切さをいつも感じています。

入院していても娘にとっては父親

9月20日。この日、久しぶりに外泊許可が出て自宅に帰ることができました。前回の外泊から約1ヶ月ぶりです。

ただ、久しぶりに自宅に帰れて疲れが出たのか、家では日中も眠くてほとんどソファで寝ていました。娘とあまり遊んであげられず、かわいそうなことをしました。

最終日の昼間、娘ががんばって1人でトイレができました。私は「がんばったね。えらいよ！」と娘を褒めてあげました。その後、娘は妻に「パパが、がんばったねって言ってくれたよ！」と報告していました。「家で寝ていても、病院に入院していても、娘にとっては自分は父親なんだなあ」と妙に感慨深く思ったのを今でも覚えています。

外泊から病院に戻って数日後、抗がん剤治療の5コース目が始まりました。

9月29日。娘と妻がお見舞いに来てくれました。妻は、以前から制作していたという手作りの絵本ができたと持ってきてくれました。小さな女の子とパパの、こんなお話です。

「病気になってしまい、髪の毛もなくなってしまったパパ。久しぶりに病院からお家に帰ってきても、ソファで寝てばかりです。でも女の子がパパの鼻ちょうちんの中に入ると、そこには元気なパパが。一緒にお空を飛んだり、2人で楽しく遊びます……」

私は途中から涙があふれて読めなくなってしまいました。そして、「早く退院して家に帰って娘とたくさん遊んであげよう。奥さんとたくさん話そう。3人で楽しく幸せに暮らそう」と改めて固く心に誓いました。

この日は帯状疱疹後神経痛の痛みやお腹の調子の悪さなどで体調がよくありませんでした。でも妻に、「本当に一歩一歩。焦らないで」と言われたことで、「毎日を乗り越えていくことは、着実に目標に近づいているということ。焦らず一日一日過ごしていこう」と思えました。

「人生の目標に続く道を歩いてるんです」

10月6日。抗がん剤治療の5コース目がようやく終わりました。

この頃、筋肉も脂肪も体力も、体重とともに落ちていたのですが、それがまた別の問題を発生させていました。お尻の筋肉と脂肪が減ったため、座っていても寝ていても、腫瘍があった左のお尻の神経がベッドと骨に挟まれて圧迫され、左足のしびれと痛みを生んでいたのです。

相変わらず帯状疱疹後神経痛の痛みも強かったのですが、その痛みに加えて左足にまで痛みが出てしまい、辛い状況でした。

やはりできるだけ病棟の廊下を歩いて、筋肉と体力を落とさないようにした方がいい、と考え、この日も夕飯前に、少しでも足の筋肉をつけるために廊下を数往復しました。

病室に戻ると看護師のWさんが点滴を外しに来てくれて、「高山さん、がんばって廊下を歩いてますね」と言われたので、こう答えました。

「僕は廊下を歩いているんじゃなくて、『病気を治して娘の二十歳の誕生日を家族3人でお祝いする』という目標達成に続く道を歩いてるんです」

本気でそう考えながら歩いていました。

この頃は、治療も後半戦に差し掛かる中で、こんなふうに考えるようになっていました。

〈生きる目標が定まり、その目標達成への確信が持てたら、後は余計な心配をせず、毎日できることをやっていくだけ。歩いたり、食べたり。

明日以降の病状のこと、退院後の生活のこと、会社のことなど、不安なことや課題はたくさんあるけど、それは今ベッドの上で心配してもしょうがない。だから今は、今ここでできることに集中する。

一日一日、目の前のできることを一所懸命やっていくことが、目標達成に確実につながっている〉

そんな話をすると　Wさんは涙を流しながら聞いてくれました。そして、

「そんな高山さんの背中を応援しています」

と言ってくれました。辛い時期に心身ともに助けていただいた、大切な、忘れられない看護師さんの一人です。

無菌病棟からの脱出

抗がん剤治療も終盤に入った10月22日、看護師さんから一般病棟への移動を打診されました。入院以来過ごした無菌病棟からの脱出です。もちろんOKしました。

一般病棟は広々として開放感がありました。廊下も病室もナースステーションも広々した印象でした。そして静かです。入院の終盤を過ごすにはいい環境に来たと思いました。

11月8日、MY先生から今後の治療についての話がありました。この段階では、化学療

法は6コース終わっていました。当初から6コースもしくは8コースの予定だったため、残りの2コースをどうするかを検討するのです。

そしてこの頃は抗がん剤の副作用による神経症状が出ていました。手の指先がしびれて、何かに触っても感覚がありません。また手に力が入らず、ペットボトルの蓋が開けられません。

先生の話は次のようなものでした。

「指先のしびれや手に力が入らないのは、末梢神経障害で、オンコビンの副作用です。神経障害の中には治らないものもあります。MA療法の副作用と思われるろれつが回りにくい等の神経障害についても、将来的に治るかどうか分かりません。

これまでの6コースで、ある程度、全身のがん細胞は叩けているはずです。残りのコースは効果と毒性を考慮に入れ、方針を決めましょう。実際、抗がん剤治療を6コースやった場合と8コースやった場合の効果の違いも分かっていないのです」

その2日後の11月10日、先生たちのカンファレンスで私の治療方針が議論されたとのことで、MY先生が結果を教えてくれました。「やはりこれ以上はMA療法とオンコビンの点滴は行わないほうがよい」ということでした。神経障害の副作用によるQOLの低下を考慮しての判断でした。

これを受け、今後の治療としては、血球の回復状況を見て、Hyper-CVAD療法をオンコビン抜きで行い、初期の治療としては終わりとなることになりました。一気に退院が見えてきました。

ついに完全寛解

11月16日、一時退院しました。抗がん剤治療の次のコースまで時間があるためです。その後11月25日に久しぶりに病院に行き、外来でPET／CT検査を受けました。それまでの治療の効果を見る検査です。

3日後、薬が足りなくなり、妻に病院まで薬を取りに行ってもらいました。すると、たまたまこの日の外来担当がMY先生だったため、数日前の検査の結果を説明してもらったとのこと。結果は、「完全寛解」でした。画像診断では腫瘍が見つからない状態です。ついに、今回の治療の目標地点まで到達しました。

これで悪性リンパ腫はほぼ治ったということです。この結果にはうれしいと同時に半信半疑で、妻が持ち帰ってくれた検査結果の書類を何度も読み直してしまいました。

ただ、B細胞性リンパ芽球性リンパ腫は、再発が非常に多い病気です。この後は再発防止のための抗がん剤治療と放射線治療を続けていくことになります。

最後の治療

翌日、一時退院を終えて再入院しました。最後の抗がん剤治療を受け、Hyper-CVAD療法を完遂するためです。

MY先生とは残りの治療の話をしました。抗がん剤治療のコースを終えたらクリスマス前に退院して、その後通院で放射線治療を受けることになりました。

あと3週間弱で退院できるかもしれないと思うと、もちろんうれしかったのですが、それ以上に信じられないような不思議な感じでした。この環境、生活、そして治療から本当に解放される日が来るとは。無事に寛解の日を迎えられる日が来るとは。信じられませんでした。

そして、12月18日。MY先生が血液検査の結果を持ってきて、「退院できますよ！」と言ってくれました。

退院が決まって、7ヶ月の辛く苦しい入院生活が終わることになって感じたのは、もちろんうれしさもありましたが、すがすがしさの方が近い感じでした。日常生活や治療における様々なストレスからようやく解放されるという喜びが強く、その感情を表現するには、すがすがしさの方がピッタリくると思いました。

2013年12月19日、私は7ヶ月入院していた虎の門病院を退院しました。

退院後の放射線治療と維持療法

退院後、外来での放射線治療が始まりました。私の場合、全身疾患である悪性リンパ腫でも、腫瘍が仙骨部に限局していたため、再発を防ぐために放射線治療を受けられました。4週間、平日は毎日病院に通って、外来で放射線の照射を受けました。脳腫瘍のときと同様、1回の放射線治療は数分で終わります。痛くもかゆくもありません。ただ、長期間の入院で体力が落ちている中、毎日病院に通うことの方が大変でした。

退院後7ヶ月ほど経った2014年の8月、白血球の数が増加してきたため、維持療法を始めることになりました。この維持療法の必要性については、入院中にも退院後の外来でもMY先生と議論を繰り返していました。

維持療法では、抗がん剤（ロイケリン、メソトレキセート）とステロイド剤（プレドニゾロン）の飲み薬を3種類、レジメンに決められたスケジュールに沿って飲みます。

主な副作用としては免疫抑制と肝機能障害があります。血液検査を受けると、白血球や血小板の数値は基準値より低く、肝臓の数値は高くなっています。3～4週間に1度通院して血液検査を受け、これらの数値を見ながら抗がん剤の量を調整します。

また白血球などが減ると、風邪をひきやすくなり、一度ひくと治りにくくなってしまいます。私は維持療法開始後、半年間にわたって風邪をひき続けてしまいました。37度前後の熱が続いたため、常に倦怠感があり、体力も消耗し、体重も回復していかない状況でした。

風邪は、最終的には抗がん剤を3週間中断することで治りました。

この維持療法は執筆時点でも続けています。2年～2年半ほど続ける予定です。維持療法が終われば、私の白血病・悪性リンパ腫の治療は全て終わることになります。

第三章

がん闘病から学んだ患者学

がんは早期発見すべきか

ここからは私が2回の闘病体験から得た「気づき」や「知恵」をみなさんにお伝えしていきます。自分自身ががんになって初めて学んだことの中には、みなさんにとっても役立つ内容があるのではないかと思います。

人間ドックだけでがんは見つからない

定期的に人間ドックを受けている方は多いと思います。でも「人間ドックで病気が見つからなかったから大丈夫」というわけではありません。人間ドックだけで全てのがんを見つけられるわけではないからです。

私の場合、通常の人間ドックでは、脳腫瘍も、白血病・悪性リンパ腫も見つけられませんでした。

脳腫瘍は、空港で倒れたことがきっかけで見つかりました。悪性リンパ腫が見つかったのは、左足の激痛がきっかけでした。ともに、異常に気づいてからすぐに病院で検査を受け、がんが見つかったのです。

実際に人間ドックで見つかるがんもありますので、人間ドックが無意味ということはないと思います。私の脳腫瘍についても、人間ドックのオプションのＭＲＩ検査を受けていれば、時期によっては見つかっていたかもしれません。

でも私自身の経験から言うと、人間ドックを受けるのは前提としつつも、それだけに頼るのは危険だと思います。人間ドックを過信せずに、日頃から自分の健康状態に気をつけ、異常を感じたら早めに病院で検査を受けることが大切ではないでしょうか。

その上で、検査でがんが見つかったときには、治療のために最適な病院を選ぶことが重要です。病院により生存率まで変わってくることがあるからです。

そして、ネットや本などで病気や治療法に関する知識を得た上で、医師と信頼関係を構築し、議論し、最善の治療を受けることが大切です。

人間ドックだけではがんは見つかりません。

・日頃から自分の身体の声に耳を澄ますこと。
・異常に気づいたら早めに病院で検査を受けること。

・病気が見つかったら治療に最適な病院を選ぶこと。
・自分で情報収集した上で医師と信頼関係を構築すること。
・納得した治療を受けること。

こうしたことが大切ではないかと思います。

早期発見は必ずしも重要ではない

がんという病気では「早期発見が大切」とよく言われます。「がんは早期発見できれば治る」とも言われます。

もちろんそういうがんも多いと思いますし、早期発見に越したことはありません。でも必ずしも早期発見することが必要というわけではないことを、私は2回のがんを通じて知りました。

私は2回とも、「自覚症状」が出てから病気が見つかりました。そのため検査で見つかるような「早期発見」ではありませんでした。

ではもっと早期に発見できていたら何か変わったか、と考えると、あまり変わらなかったのではないかと考えています。

脳腫瘍のときは、倒れる2年半ほど前から、「視野がゆがむ」という症状が出ていました。眼科で目の検査をしたところ、「特に目に異常はありません。もし眼鏡の度を弱めても改善しなければ、脳の検査をした方がいいかもしれません」と言われました。でも脳の検査までは受けませんでした。

確かに、その時点で脳の検査をしていれば、もっと早く脳腫瘍が見つかったという可能性はあるかもしれません。でもそうだとしても、治療や予後は変わらなかったと思います。

なぜなら、その時点でグリオーマが見つかっていたとしても、いずれにせよ手術で摘出する必要があることに変わりはないからです。そして仮に悪性度が1つ低いグレード2だったとしても、術後に抗がん剤治療と放射線治療が必要になることが少なくありません。さらに女子医大病院であればグレード3でも78%と十分に高い生存率が期待できます。

つまり、2年半前に検査を受けて脳腫瘍が見つかっていたとしても、結果としては私が実際に受けた治療と、その内容や予後には大きな違いがなかったと考えられます。だから「あのとき脳の検査を受けていれば」という後悔は全くありません。

白血病・悪性リンパ腫のときは、最初に左足の痛みの症状が出始めてから、3週間後に激痛に変わったため、すぐに病院でＭＲＩ検査を受けて腫瘍が見つかりました。ちなみにこの2ヶ月前にたまたま受けていたＰＥＴ検査では腫瘍は見つかっていません。

そうしたことを考えると、やはり私の病気は、週単位で進行する高悪性度のものであったことが分かります。

こちらは進行の速さもあって、症状が出てからは比較的早く検査を受け、治療に入りましたが、自覚症状が出てからの発見ということで、やはり早期発見というわけではありません。

でも白血病・悪性リンパ腫の場合は、必ずしも早期発見が重要ではありません。なぜなら悪性リンパ腫の治療は、固形がんのように腫瘍が小さいうちに手術で切除するのではなく、腫瘍の大小に関わらず化学療法による全身治療となるからです。だから必ずしも早期に発見した方が予後がよい、ということはないのです。

こうした経験から、がんは早期発見に越したことはないが、自覚症状が出てからでも決して遅くはないのだと思います。

「がん家系」と遺伝子検査

しばらく前に、女優のアンジェリーナ・ジョリーさんが遺伝子検査を受けてがんになる可能性が高いことが分かり、予防のために手術で乳腺を切除したというニュースがありました。

彼女のように、BRCA1とBRCA2という遺伝子のいずれかあるいは両方に変異があると、遺伝性の乳がんや卵巣がんの発症率が高まると言われています。彼女は母親ががんで亡くなったことをきっかけに、遺伝子検査を受けたようです。

私は家族にがんが多い、いわゆる「がん家系」です。父が40代半ばで舌がんで亡くなり、妹は30歳で乳がんで亡くなりました。姉は今は元気に暮らしていますが、20代で乳がんを発症し、何度も手術を受けています。私も40歳のときに脳腫瘍、42歳のときに白血病・悪性リンパ腫になりました。

家族の病歴を踏まえ、私は姉とともに2011年に国立がん研究センター中央病院の遺伝相談外来を受診しています。自分の脳腫瘍が見つかる数ヶ月前のことです。

医師と相談した結果、まず姉が遺伝子検査を受けることになりました。アンジェリーナ・ジョリーさんが受けた検査と同様の検査です。もし姉が陽性だった場合、私も検査を受けようと考えていました。姉も私も娘がいます。子供たちへの遺伝の可能性を一番に心配しました。当時、この遺伝子検査には二十数万円かかりました。

遺伝子検査の結果は陰性でした。つまり、遺伝性の乳がんや卵巣がんに関わる遺伝子には変異は認められなかったのです。姉の遺伝子に変異がないということは、私の遺伝子にも変異がある可能性は低いということで、私は検査を受けないことになりました。ただ、この検査結果の説明の際、医師はこのように言いました。

「今回の検査では、BRCA1とBRCA2の2つの遺伝子に変異がないことは分かりました。遺伝性の乳がんや卵巣がんのリスクは考える必要がないということです。

でも高山さんのご家族の病歴を考えると、何らかの遺伝的な要因があると見るべきだと思います。多くのご家族が若くしてがんになっていますから。

現代の医学でも、がんの発症に関わる全ての遺伝子が判明しているわけではありません。今回調べた遺伝子以外にも、がんの遺伝に関係している遺伝子はあるはずです。でも現時点ではどの遺伝子ががんの遺伝に関わっているのか、全てが分かっているわけではありません。

ですから、娘さんたちが大きくなったら、できるだけがん検診、特に乳がん検診をしっかり受けさせた方がよいと思います」

この説明を聞いた数ヶ月後に、私の脳腫瘍が見つかりました。やはり医師の説明の通り、検査した遺伝子以外の要因があるのだろうと思います。

このように遺伝子検査は絶対ではありません。全てのがんの可能性が分かるわけではありませんし、また検査の結果が陰性だったからといって、がんのリスクがゼロになるわけではありません。逆に検査の結果、リスクが見つかっても必ず発症するわけではないのです。

もちろん、アンジェリーナ・ジョリーさんのように、遺伝子検査を受け、実際にがんのリスクが見つかり、そのリスクを減らすために手術を受けるというのは、意味のある選択だと思います。

でも私の経験から考えると、遺伝子検査を受けることよりも、日頃から自覚症状に気をつけ、何かあったらすぐに病院に行って適切な対応をすることの方が大切なのではないかと思います。

がんと診断されたら

「5年生存率」を目をそらさずに受け入れる

「がん」を告知されると、誰でも大きなショックを受けます。私もそうでした。脳腫瘍のときも、白血病・悪性リンパ腫のときも、少なからず驚きました。

同時に、「やはりがんか……」と冷静に受け止める自分もいました。私は家族にがん患者が多かったことから、「いずれは自分もがんになるのでは……」と心のどこかで思っていたためです。

しかし、本当に衝撃を受けたのは、自分のがんの「5年生存率」を知ったときです。脳腫瘍のときは、グレード3であれば25%、グレード4であれば6%でした。白血病・悪性リンパ腫のときは、40%と言われました。いずれも5年以内に死んでしまう確率の方がはるかに高い数値です。2回とも、「自分はもう死ぬのかもしれない」と思いました。

今思い起こすと、この「5年生存率」を確認して、しっかりと受け入れることが、がんとの闘いのスタートだったように思います。がんの中でも非常に難しいがんであること、進行の速いタイプであることを、目をそらさずに受け入れた上で、だからこそ最善の病院で最善の治療を受けなければならない、と考えました。

特に白血病・悪性リンパ腫のときは、5年生存率とともに、「標準治療があるため、どこで治療しても治療成績は同じ」という厳しい現実も告げられました。だからこそ「標準治療以上の治療をしてくれる病院を探さなければ」と考え、それが病院選びのベースとなっていきました。

また、生存率を受け入れるというプロセスを経ることが、「5年生存率が統計的に何%であろうと、自分にとっては0か100か。一つ一つ適切に判断して、着実に進んで行けば、生存できるはず」という治療全般を貫く考え方にもつながっていきます。

厳しい現実を受け入れるのは辛いことです。目をそむけることや、考えることをやめて医師や家族に身を任せてしまうこともできるかもしれません。

でも自分の人生を自分でコントロールするためには、全ての現実を受け入れる必要があります。そこからスタートです。そこから、どうやって生き延びるかの闘いが始まるのではないかと思います。

がん患者にとって、人生のコントロールを放棄することは、生きることを放棄することになってしまうのです。

「ステージ」と「グレード」の違い

がんの状態を示す言葉として、よく「ステージ」と「グレード」が使われます。でもこれらの言葉が混同されているケースもよく見かけます。

「ステージ」は「病期」とも言い、がんの「進行度」を示します。0からⅣの5つの段階があります。腫瘍の大きさや転移、浸潤の有無などで分類されます。

分類の基準はがんの種類によって異なります。基本的には他の臓器に転移がある場合は、最も進んだステージⅣ（4期）とされるようです。一般にステージが進むほど治りにくくなります。

「グレード」はがんの「悪性度」を示します。一般に1から4の4段階があります。がん細胞を採取して分化の度合いを観察して判断します。がんの種類によって評価の基準は異なります。一般にグレードの数字が高いほど、がん細胞の増殖速度が速く、再発・転移しやすくなるため、治りにくいと言えます。

私の脳腫瘍の「退形成性乏突起星細胞腫」は、「グレード3」でした。脳腫瘍の場合、他の臓器に転移することはあまりないため、ステージ分類は使われません。

私の白血病・悪性リンパ腫、「B細胞性リンパ芽球性リンパ腫」は、「高悪性度」でした。悪性リンパ腫の悪性度は進行速度によって低悪性度（年単位で進行）、中悪性度（月単位で進行）、高悪性度（週単位で進行）の3つに分類されます。私のように高悪性度のものは週単位で進行するため、急いで治療に入る必要があります。ただ私の場合、腫瘍は仙骨部に限られていたため、ステージは「I期」でした。

進行度を表す「ステージ」と、悪性度を表す「グレード」をきちんと区別して、がんを理解しましょう。

情報収集の具体的な方法

病名の告知を受けると、誰でもそれがどんな病気なのか、どんな治療があるのか、治る見込みはあるのか（予後）を知りたくなると思います。こうした病気に関する情報収集も大切なプロセスです。

病気についての情報収集には、私はインターネットや本などを利用しました。その具体的な方法をご紹介します。

インターネット

最近はネット上で簡単に病気に関する情報が入手できます。ただ、玉石混淆《ぎょくせきこんこう》の情報の海の中から信頼できる情報を選別することが必要です。

私ががんに関する情報収集のためによくアクセスした、信頼できるホームページをご紹介します。

[信頼できるホームページ]

・がん情報サービス　http://ganjoho.jp/

国立がん研究センターのがん対策情報センターが運営するサイトです。患者や家族、医療関係者向けに、がんについての信頼できる最新の情報を紹介しています。がんの種類ごとに、症状や診断方法、分類、生存率、治療法、治療の副作用などがまとめられています。

・がんサポート　https://gansupport.jp/

月刊誌「がんサポート」を発行する株式会社エビデンス社が運営しているサイトです。最前線の医師が最新の治療方法などを解説するインタビュー記事が、がんの種類別に分類されて提供されています（現在、記事の全文を読むには有料の会員登録が必要となっています）。

本

病気に関する本は、病気の概要や治療法をひと通り把握するのに役立ちます。私はアマゾンで病名をキーワードに検索し、病気に関する解説書を片っ端から買って読みました。治療を受けている病院に図書室があれば、そこにも病気の本がそろっているはずです。

海外論文

インターネットでは、最新の治療方法に関する海外の論文も見つけることができます。病名を辞書で英訳し、Ｇｏｏｇｌｅで検索すれば、学術論文がたくさんヒットします。英語に抵抗がない方にとっては、これは非常に役に立つ情報ソースです。

私は白血病・悪性リンパ腫のときには、以下のようなキーワードで検索し、論文を読み漁りました。

がん：cancer／白血病：leukemia／リンパ腫：lymphoma
リツキサン（リツキシマブ）：rituximab／骨髄移植：bone marrow transplantation
生存率：survival rate／予後：prognosis

闘病記ブログや匿名掲示板には要注意

病気に関する情報収集において、一点、注意が必要だと思うことがあります。それは、インターネット上で見つかる匿名のブログや掲示板などの情報です。いわゆる「闘病記ブログ」や匿名掲示板の「2ちゃんねる」などです。

一般の方が匿名で情報を投稿しているブログや掲示板は、ネガティブな情報も少なくありません。治療の苦痛や、予後に対する不安、また周囲に対する愚痴などを吐き出す場になっているケースも見受けられます。

患者さんが治療前や治療中にこうしたネガティブな情報に触れると、まさにネガティブな影響を受けてしまいます。できるだけ触れない方がよいと思います。

また匿名での投稿ということもあり、そもそも情報の信頼性にも疑問符がつく場合があります。掲示板を覗くと、匿名ならではの無責任で乱暴な投稿も目立ちます。

ここで重要なのは、治療の経過や予後は、病気のタイプやグレード、そしてどの病院でどんな治療を受けたかなどによって、全く異なってくるということです。もちろんそれまでの病歴、年齢、治療開始時の健康状態なども関係してきます。

私のようなケース、つまり「グレード3のグリオーマで、術中MRIを使った手術を受けて摘出率が98%だった場合」の予後を一番正確に把握しているのは、女子医大病院の主治医の先生です。全く同じ条件の患者さんの情報をネットで見つけるのは難しいでしょう。

まして2回目のがんである悪性リンパ腫については、種類が30種類以上もあります。そしてそのタイプによって治療法も予後も変わるのです。

一方、女子医大病院や虎の門病院には、世界中から最新の治療法に関する情報が集まってきます。先生方は、素人には知り得ない治療法や薬の情報に普段から触れています。

だから、主治医の先生の言葉だけを信じることにして、ネットの情報は見るのをやめてしまいました。分からないことはネットではなく先生に聞けばいいのです。これは患者仲間の方にもよくお伝えしていることです。

とは言いながら、私自身も、病気になる前から書いていたブログ（オーシャンブリッジ高山のブログ）に闘病の経緯やがん治療にまつわるニュース、そして自分の近況などを細かく書いています。実名や立場を明かした上で、できるだけ感情を交えずに、客観的に、正確で公正な記事を書くように心がけています。私のブログが、同じがんを闘う患者さんなど多くの方の役に立てばと思って書いています。

病院を決める

病院選びの視点（脳腫瘍のような固形がんの場合）

がんの治療において、病院選びは非常に重要です。私のケースのように、5年生存率が3倍も違ってくることがあります。

病院選びで一つ参考になるのは、ネットや雑誌に掲載されている「病院ランキング」でしょう。患者数や症例数、手術件数などを、全国あるいは都道府県ごとに集計して順位付けしているものです。患者数が多いということは、それだけ治療のノウハウが蓄積されていると考えられます。手術件数が多いということは、それだけ外科医の腕が磨かれているはずです。

でも、本当に重要な情報は、各病院での治療成績、つまり5年生存率ではないでしょうか。そしてその裏付けとなる治療方法や手術設備などの定性的な情報です。しかし、こうした情報はなかなか表には出てきません。

例えば、脳腫瘍のような固形がんの場合は、転移がなければ外科手術が治療のメインとなります。すると、設備や経験によって、治療成績、つまり5年生存率が大きく異なることがあるのです。グリオーマであれば、術中MRIの有無とそれに基づく手術件数が非常に重要です。これらが生存率を左右すると言っても過言ではありません。

でもこうした情報は、病院ランキングには出てきません。どうやって情報を見つければいいのでしょうか。

信頼できる情報源の一つは、各病院のホームページです。術中MRIなど、先進的な設備や治療法を採用している病院は、そうした取り組みをホームページで紹介していることが多いようです。

私が治療を受けた女子医大病院のホームページでは、術中MRIを使った情報誘導手術の概要をはじめ、グレードごとの症例数、生存率、腫瘍摘出率などの詳細なデータまで公開されています。まさに患者が本当に知りたいデータです。

病院ごとにホームページでの情報開示のレベルはさまざまですが、治療内容に自信のある病院ほど、より多くの情報を公開しているように感じます。治療成績（生存率など）のデータまでは公開されていなくても、設備や治療法についての情報が見つかれば、病院を比較検討する際の参考になります。

病院ランキングで目に留まった病院のホームページにアクセスして、こうした情報を探してみましょう。

病院選びの視点(白血病のような血液がんの場合)

一方、白血病や悪性リンパ腫といった血液がんは全身がんであり、化学療法(抗がん剤治療)がメインとなります。特定の部位だけにある腫瘍を外科手術で取り除くのではなく、全身に散らばった腫瘍細胞を、抗がん剤で全体的に叩いていくという考え方です。

その場合、学会で標準とされている同じレジメン(抗がん剤の使用量やスケジュールなどの投与計画)を採用していれば、どこの病院で治療を受けても、基本的には治療成績には差が出ないはずです。

しかし、私が入院後に気づいた「違い」がいくつかあります。

一つは、抗がん剤治療の副作用への対応です。病院の経験値により、副作用への適切な対応ができるかどうかが変わってくる可能性があります。

血液がんの抗がん剤治療では、倦怠感、吐き気、便秘、手足のしびれ(末梢神経障害)

などの様々な副作用が出ます。その副作用にいかに適切に、タイムリーに対処できるかにおいて、病院の経験が問われます。そしてその対応の良し悪しが、患者の身体にも精神にも影響します。

またこうした一時的な副作用だけであれば、入院中の患者のQOL（生活の質）の話に留まりますが、肺炎等の感染症の管理の巧拙は、患者の命に関わります。実際に、化学療法中に免疫力が下がったところで重篤な肺炎を起こして、命を落とす患者さんもいらっしゃいます。

治療成績はなかなか外には出てきませんし、QOLはそもそも数値で表すことが困難です。それを考慮すると、やはりその病院が経験した患者数は、間接的ではありますが、治療内容や治療成績を判断する一つの基準になり得るものと思います。

病院選びは命の長さを選択するのと同じ

もう一つ、血液がんの病院選びにおいて大切だと思われるのは、「その病院が世界の最新の治療に精通しているかどうか」です。

治療方法や薬は日々進化しています。海外の血液学会誌には、新しい治療法による生存率の向上に関する論文が頻繁に投稿されています。

そうした最新の治療を積極的に取り入れている病院であるかどうかは非常に大切です。

ここで一つ参考になると思われるのが、前述のがん情報サイトです。特に「がんサポート」では、がんの種類別に、様々な病院のがん専門医が、最新の治療や薬について解説しています。その医師が所属する病院の治療方針や考え方を知ることにもつながるので、病院のホームページと合わせて読むと、病院選びの参考になると思います。

なお、幸いなことに私が白血病・悪性リンパ腫の治療を受けた虎の門病院は、さい帯血移植の患者数が世界一にもかかわらず、それに安住せず、谷口先生も若手の先生も常に海外の最先端の治療に目を光らせ、新しい治療を取り入れています。

もし虎の門病院が私が受けた治療とは別のレジメンを採用していた場合、私のその後は今とは大きく違ったものになっていたでしょう。医師が最新の治療に精通していること、そしてそれを前提に最も患者のためになる治療をともに考えて提供してくれることは、特に治療方針が明確に定められていないがんにおいては大切なことだと思います。

病院選びは、命の長さを選択していることと同じと言っても過言ではありません。きちんと調べて納得のいく病院を選びましょう。病院を信頼できるか、医師を信頼できるかで、苦しい治療を乗り越えられるかどうか、そしてその後どれだけ生きられるかも大きく変わってきます。

地元の病院か東京の病院か？

私のブログを読んだ患者さんから相談されることが多いのが、「家に近い地元の大学病院で治療を受けるべきか、それとも患者数の多い東京の病院に行った方がいいか？」ということです。

これは非常に難しい問題で、かなり個別の要因に依存しますが、大雑把に言いますと、次のような方針でお答えしています。

まず、グリオーマの場合です。この病気は他の病院と比べて明らかに女子医大病院の治療成績が高いため、基本的には地元の病院で治療を受けずに、最初から女子医大病院で治療を受けた方がよいと思います。

患者さんの中には、最初は地元の病院で手術を受けたけれども、その後再発してしまい、その段階で女子医大病院に転院される方も多くいらっしゃいます。もちろん転院の患者さんも女子医大病院は快く受け入れてくれます。でも1回目と2回目では、手術でできることが変わってきてしまうようです。以下、村垣先生のお話です。

「高山さんのブログのお陰で、脳腫瘍の発見後、最初から女子医大病院での治療を希望される方が増えました。以前は、最初の手術は地元の病院で受け、再発などをきっかけに女子医大病院にいらっしゃる患者さんも多かったんですが、その場合、治療でできることが限られる場合があります。はじめから女子医大病院で診ることができると、最初の手術から積極的に腫瘍を摘出できます」

こうした背景から、地方在住の方でも、思い切って女子医大病院を受診されることをおすすめしています。

もちろん地方在住の患者さんの場合、東京に長期で入院して手術を受けるとなると、患者本人だけでなくご家族の負担も大きなものとなります。ただ、グリオーマは命に関わる病気です。生存率の違いを考えると、その負担に十分見合う治療になるのではないかと考えています。

その際、紹介してくれた地元の先生ともよい関係を続けること、女子医大病院との併診を受け入れてくれる地元の先生を見つけることも重要です。例えば、けいれん発作を起こした場合や脳腫瘍以外の病気になった場合に対応していただくためです。

しかし、患者さんがご高齢の場合は、必ずしも東京に出てくることがよいとは限らないかもしれません。年齢とグレードによっては、残された時間を家族の近くで過ごすのも、大切な人生の時間の使い方だと思います。ただその判断をする意味でも、経験豊富な病院で一度診察を受ける価値はあると思われます。

続いて白血病・悪性リンパ腫の場合です。こちらは前述のように病院間の違いが分かりにくいこともあり、非常に回答が難しいです。また血液がんの場合は、入院が数ヶ月と長期にわたることもあり、さらに退院後の通院も多くなりがちです。

そのため、前述のようなホームページなどでの情報収集に基づいて、地元の大学病院の治療内容が信頼できそうであれば、そちらで治療を受けるのも一つだと思います。あるいは初期治療は東京の病院で受け、退院後の通院治療は地元の病院で、ということも場合によっては可能かもしれません。

なぜ女子医大病院の5年生存率は全国平均の3倍か

ここで、脳腫瘍の手術の難しさと、女子医大病院の治療成績がなぜ高いのかについてご説明しておきたいと思います。

脳腫瘍では、胃がんや食道がんのように、がんができた臓器をまるごと手術で摘出してしまう、ということができません。脳をまるごと取ってしまったら生命が維持できないからです。まるごと取らないまでも、腫瘍を摘出しようとして脳の正常細胞を傷つけてしまえば、半身不随になるなどの後遺症が残ってしまいます。

だから脳の正常細胞をできるだけ傷つけずに、染み込むように広がった腫瘍細胞をできるだけ取り切る必要があります。脳の機能の最大限の温存と、腫瘍の最大限の摘出を両立するのが重要な課題です。

そのために村垣先生たちが世界に先駆けて開発したのが「術中ＭＲＩ（オープンＭＲＩ）」です。手術中に開頭した状態でＭＲＩ検査を行い、最新の脳の状態を画像化して、腫瘍の位置を可視化することで、執刀医はそれを見ながら腫瘍を摘出できます。

ひと通り腫瘍を摘出し終わってからまた検査し、もし腫瘍の取り残しが見つかれば、さらにその腫瘍を摘出することもできます。そのため、腫瘍の摘出率を高めることができるのです。

ＭＲＩは強力な磁気の力で体内の様子を画像化します。そのため、メスやベッドなど鉄製品が多い手術室内にＭＲＩを持ち込むというのは、従来では考えられませんでした。だからこれまでは、手術前に撮影したＭＲＩ画像に基づいて腫瘍を取り除くものの、術後しばらくしてＭＲＩ検査をしてみたら腫瘍が残っており、結局その後再発してしまった、ということが少なくありませんでした。肉眼では正常細胞と腫瘍細胞の境目は分からないのです。

でも、手術中にＭＲＩ検査ができれば、残っている腫瘍を見つけることができ、取り残しを劇的に減らせるはずです。それはつまり、治療成績、生存率を高めることに直結します。

そう考えた村垣先生のチームは、国や医療機器メーカーの協力のもと、術中ＭＲＩを含めた手術室全体のシステム（インテリジェント手術室）を開発しました。これが女子医大病院の治療成績を飛躍的に高めたのです。

名医に診てもらうのに「コネ」は必要ない！

病院選びに関し、よく誤解されることがあります。それは、「高山さんのようにコネがないと、女子医大病院や虎の門病院で最新の治療は受けられないのではないか？」ということです。

実際は、そんなことは全くありません。誰でも、最初に検査を受けた地元の医師に紹介状を書いてもらえば、女子医大病院や虎の門病院で診察、治療を受けることができます。コネは全く必要ありません。

私が女子医大病院や虎の門病院を受診する際、友人や主治医経由で連絡を取ってもらったのは事実です。

でも、両病院とも、別にコネクションなどなくても初診で受診できます。紹介状は必要ですが、それは最初に病気が見つかった病院の医師に依頼すれば、すぐに書いてくれるはずです。ここで変な遠慮はいりません。その医師が、希望する病院とつながりがあるかないかも関係ありません。

その上で、各病院のホームページに掲載されている初診の受け方に従って、診察予約を取るなり、外来で飛び込みで受診するなりすれば大丈夫です。

東京女子医科大学病院　脳神経外科の受診方法

女子医大病院の脳神経外科を初診で受診する際は、「指定医師宛」の紹介状を用意した上で、電話で診察予約をする必要があるようです。この場合は紹介状を書いてもらう医師に「東京女子医科大学病院の○○先生宛に紹介状を書いてください」とお願いすれば大丈夫です。ホームページなどの情報を参考に、希望する先生の名前を指定してください。その地元の医師が、宛先の女子医大病院の先生を知っているかどうかは全く関係ありませんのでご安心ください。

紹介状が用意できたら、ホームページにある予約センターに電話して、「脳神経外科の○○先生の診察を受診したいのですが」と伝えてください。もしお目当ての先生の予約が混み合っている場合は、他の先生の診察を勧められる場合もあるかもしれません。でも女子医大病院の脳神経外科はチーム診療が徹底していて、医師間の連携がしっかり取れている印象ですので、初診の先生が誰であってもあまり心配はないのではと思います。

また症状や検査結果に基づく緊急度によっては、通常より予約を早めてくれたり、予約なしでの外来での初診を受けてくれたりするケースもあるようです。予約センターの窓口の方によく相談してみてください。必要に応じ医師と連絡をとった上、ケースバイケースで患者本位の対応をしてくれると思います。

ただ、手術に関しては最近では予約が立て込んでいて、場合によっては少し先になったりキャンセル待ちになったりしてしまうこともあるようです。その点も含めて、まずは外来診療を受けて先生によく相談されるのがよいと思います。腫瘍の悪性度や緊急度も考慮して適切な判断をしてもらえるはずです。女子医大病院の先生は混み合った外来診療でも親身になって相談に乗ってくれます。

虎の門病院　血液内科の受診方法

虎の門病院の血液内科は、特に事前の診察予約の必要はないようです。血液内科のホームページに掲載されている「外来診療案内」の診療スケジュール（曜日別担当医表）を見た上で、紹介状などを持参して直接病院に行けばいいようです。

私が初診でお世話になった血液内科部長の谷口先生も、普通に外来診療を担当しています。

このように、特別なコネがなくても、誰でも最高の病院で治療を受けられるということをたくさんの方に知っていただくことで、一人でも多くのがん患者さんが最善の治療を受けられることを願っています。

「神の手」「名医」はどこにいる?

よくテレビや雑誌などで「名医」や「神の手」などとして医師が紹介されることがあります。特に脳神経外科医や心臓外科医の先生が取り上げられることが多いように思います。日本とアメリカを行き来して困難な手術をする医師、大学病院をやめて独立開業し、他の大病院に呼ばれて手術をこなす医師など、腕と経験を武器に孤高の医師として活躍されている先生もいます。

もちろんそうした先生の技術や経験はすばらしいものですし、その腕に救われた患者さんもたくさんいらっしゃると思います。でも、そうした医師だけが優れた医師とは限りません。

女子医大病院の脳神経外科のように、術中MRIなどの新しい治療法を開発することで、腫瘍摘出率を向上し、最終的には治療成績、つまり生存率を向上している病院もあります。こうしたテクノロジーを活用した数多くの手術経験により、女子医大病院の脳神経外科の医師の腕はさらに磨かれ、高い治療成績につながっていきます。

また虎の門病院のように、さい帯血移植で世界の白血病治療を牽引しつつも、常に世界の最新の治療も取り入れて、そこにそれまでの経験を融合することで、患者ごとに最適な治療を提供している病院もあります。

つまり、メディアでセンセーショナルに取り上げられる「孤高の医師」だけではなく、大学病院などに勤務している医師の中にも、「神の手」「名医」と言ってよい医師はいるのだと思います。そうした医師は、日々たくさんの患者を診ながら、常に世界の最新治療に触れ、学会や学術誌で自らの研究成果を発表し、研鑽を積んでいます。

メディアの報道だけにとらわれずに、自分にとっての「名医」を見つけることが、最善の治療を受ける第一歩なのかもしれません。

セカンドオピニオンは受けるべきか？

セカンドオピニオンについての質問もよくいただきます。例えば、

「地元の病院での検査で脳腫瘍が見つかったのですが、女子医大病院で治療を受けたいと思っています。その場合、予約を取って女子医大病院のセカンドオピニオン外来を受ければいいのでしょうか？」

というようなご質問です。こうした患者さんはセカンドオピニオンを誤解されていることこ

とが多いようです（私自身も最初はそうでした）。

この患者さんが地元の病院で治療を受けるつもりがなく、女子医大病院で治療を受けることを決めているのであれば、セカンドオピニオンではなく、初診で受診した方がよいです。その場合、地元の病院に紹介状を書いてもらいましょう。

セカンドオピニオンとは、「現在受けている治療や、これから受ける治療について、別の病院の医師から客観的な意見を聞く」というものです。その結果として、現在の病院で治療を続けるケースもあるでしょうし、セカンドオピニオンを受けた病院に転院するケースもあるでしょう。

ですから、「すでに地元の病院で治療を受けている、あるいは受けることになっているけれども、この治療で大丈夫なのか不安なため、第三者の意見を聞きたい」という場合にはセカンドオピニオンは有効です。

一方、「現在の病院で病気は見つかったけれども、ここで治療を受けるつもりはなく、他の病院で治療を受ける意志を固めている」ということであれば、セカンドオピニオンではなく、直接初診で希望の病院の診察を受けましょう。

なお、セカンドオピニオンは保険適用外のために、費用は全額自己負担となり、1〜3

万円ほどかかるようです。また病院によっては予約がかなり先になってしまうケースもあるようです。

もし治療を受けたい病院が決まっているのであれば、費用の点でも、時間の点でも、セカンドオピニオンではなく初診で診察を受けましょう。

「主体的な患者」になろう

私が2回の闘病を通じて、いろいろな先生がいろいろな患者さんと接する様子を見てきた中で、気づいたことがあります。

それは、患者自身がどれだけ自分の病気の情報を主体的に収集しているかで、医師の対応も変わってくるのではないかということです。

もちろん医師と患者との間には、絶対に超えられない情報格差が存在します。でも患者も患者なりに情報収集する必要があります。「この患者さんは自分の病気のことをよく勉強しているな。こちらもしっかり対応しよう」と医師に感じさせることが、信頼関係構築の第一歩のように思います。

そして自分で勉強して得た知識に基づき、分からないことを医師に質問し、やり取りをし、最善の治療をともに見出していくことが大切です。

「病気のことは分かりませんので先生にお任せします」というスタンスはあまりよろしくないように思います。「自分の人生のコントロール」の観点でもそうですし、医師との信頼関係の構築という観点でもそうです。

手術や化学療法、放射線治療など、全ての治療にはプラス面（腫瘍の縮小などの治療効果）とマイナス面（副作用や合併症など）があります。それらをきちんと理解した上で、自分で考えて意思決定できる「主体的な患者」になりましょう。

優秀な医師ほど質問にしっかり答えてくれる

医師の中には、患者が質問することすら嫌い、「患者は素人なんだから俺の言うことを聞いていればいいんだ！」という態度の方もいるようです。ただ、私自身は、女子医大病院でも虎の門病院でも、そうした医師に会ったことはありません。

私がラッキーだったという面もあるかもしれませんが、最近は、患者の目線に合わせて接してくれる医師が増えているのではないかと思います。特に優秀な病院ほど、患者の立場を尊重してくれる医師が多いように感じます。

おそらくそのような医師のスタンスは、内に秘められた静かな自信に裏付けられているのではないかと思います。

「自分はこの病気のスペシャリストである。自分が最善の治療を提供できる」という自信が、「この患者の病気を治したい」という思いにつながり、「患者と一緒に病気と闘っていこう」という態度につながっているのではないでしょうか。

そして優秀な医師であればあるほど、「医者が病気を治すのではない。医者は患者自身が自分の病気を治すのを手助けするだけだ」ということを理解しているように思います。

こうした主旨の言葉を、私は先生たちから何度か聞きました。

私は、白血病・悪性リンパ腫のときには、「この治療で治せる」という明確な指針がありませんでした。だからこそ、自分で調べて、先生と議論する必要がありました。

本やネットの情報はもちろん、海外の最新の論文をたくさん読み漁《あさ》って、疑問点を先生にぶつけました。

こうした議論のプロセスを経たお陰で、「骨髄移植をせず、化学療法のみで治す。そして退院後は維持療法を続ける」という治療方針が固まりました。そしてこの治療方針に心から納得でき、「きっと治せるはず」という確信が生まれました。

優秀な医師は、「主体的な患者」からの質問を拒絶するようなことはないはずです。分からないことはどんどん質問しましょう。医師からの説明に対してはもちろん、本やネットで読んだ情報についても、疑問に思ったことは遠慮せずに聞くことが大切です。必要であれば別途時間を取って説明してくれるでしょう。こうした真摯なやり取りが、医師との信頼関係の構築につながっていくように思います。

入院生活の心得

パジャマより普段着がおすすめ

病院に入院する日は、緊急度によっては診察後即日という場合もあるでしょうし、ベッドが空き次第、電話で連絡が来て、その翌日から入院、ということもあります。

入院までの日々は、病院から渡される「入院の案内」のような資料を見て、入院の準備を進めることになります。

入院に当たって準備する主なものは、パジャマ、下着、タオル（フェイスタオル、バスタオル）、室内履き（サンダルなど）、ティッシュペーパー、洗面用具（歯磨きセット、ボディソープ、シャンプー、髭剃りなど）、箸やスプーン（忘れがち）、マグカップ、ハンガー（これも忘れがち）などです。

また、携帯電話やタブレット、PCなどのデジタル端末を持ち込む方は、それらの充電アダプターやケーブルなども重要です。

私は女子医大病院に入院したとき、家からいわゆる「パジャマ」を持参して一日中着ていました。でも入院2日目の夜、妻に電話をして、普段着のTシャツと短パンを持ってきてもらうようにお願いしました。

パジャマを着て病棟内を歩いていると、見た目上、あまりにも病人っぽくなってしまって、気持ちまで病人になってしまう気がしたのです。普段着で過ごすことで、あまり病人の色に染まらないようにしよう、早く元気になって退院しようと思いました。

またパジャマやタオルについては、病院内のレンタルを利用することもできます。ただ、レンタルのパジャマはそれこそ病人っぽくなってしまうため私はほとんど利用したことがありません。

大部屋のメリット

入院の手続きの際、病室の希望を聞かれます。大部屋でいいか、個室や2人部屋が希望か、ということです。

私は女子医大病院のときも虎の門病院のときも、特に病室の希望は出しませんでした。女子医大病院のときはあえて大部屋を希望していました。

理由の一つは、長期の入院になるため、費用がもったいなかったということです。個室に入る場合、病院によっては1日あたり3～5万円も追加の差額ベッド代がかかります。2人部屋でも1日あたり1～2万円くらいでしょうか。

数日～2週間程度の短い入院ならば差額ベッド代を負担することも考えたかもしれませんが、2ヶ月から半年以上もかかる入院では、差額ベッド代だけで数百万円にもなってしまいます。それならばその分のお金を取っておいて、退院後に海外旅行に使いたい、と思っていました。

ただ、その費用面以上に、大学病院に勤務するT君のアドバイスが大きかったです。彼は私が女子医大病院に入院するときにこんなアドバイスをくれました。

・個室に1人でこもっていると、誰でも気が滅入ってくる。
・2人部屋は、もう1人の患者さんと気が合えばいいが、合わなかったときが最悪。
・大部屋の方が、同じような境遇の患者さんもいるため、いろいろと気が紛れていい。特に脳外科の患者さんたちは内科などに比べると意外と元気がある。

実際、彼のアドバイスに従ってよかったと思っています。入院前は、「まずは大部屋に入って、もしうるさいとか気が散るとかいうことがあれば、個室や2人部屋に変えてもらえばいいや」と思っていたのですが、その後退院するまで、部屋を変わりたいと思ったことは一度もありませんでした。

女子医大病院がそうなのか、私の病棟がそうなのか、あるいは男性患者さんの傾向なのか分からないのですが、大部屋でもベッドの周りに常にカーテンを引いてプライバシーを確保している患者さんが多く、患者間の会話はそれほど多くありませんでした。

それでも何人かの患者さんとは仲良くなり、ちょっとした機会に会話したり、お見舞いをおすそ分けしたり、お互いの家族も交えて世間話をしたり、という交流がありました。私にとってはほどよい距離感という感じでした。

そして、他の患者さんが看護師さんと話している内容を横で聞いていると、気が紛れるのと同時に、意外と貴重な情報が得られるという点もよかったです。○○先生は何曜日は手術日だから忙しいとか、放射線治療の混み具合がどうとか、シャワーの予約は何時頃が空いているとか、1階の売店の閉店時間は何時だとか、そういう情報が、入院生活で役に立ちました。まあ盗み聞きなのですが、耳に入ってしまうのでしょうがないですね。

個室のメリット

ただ、白血病・悪性リンパ腫で入院した虎の門病院では状況がかなり異なりました。

自分が抗がん剤治療の副作用で辛いときは、大部屋にいることが非常にストレスになりました。とにかくお腹の痛みに耐えて何もできずに横になっているしかないような状態だと、周囲の話し声や物音も気になります。特に私のいた無菌病棟は、重篤な患者さんも多く入院されています。日中も夜中も、点滴のポンプなどの警告音が鳴り響きます。大きな咳払いを繰り返す患者さんや、病室内のトイレで用を足される患者さんもいます。

帯状疱疹を発症し、大部屋から強制的に個室に隔離されたことがありましたが、そのときは本当にリラックスできました。周囲の物音に煩わされることもなく、また周囲に気を使う必要もなく、iPhoneにスピーカーを接続して音楽を流して聞きました。

その後、帯状疱疹が回復してからまた大部屋に移りましたが、入院期間の終盤、退院が見えてきた頃に、希望を出して2人部屋に移動させてもらいました。残り日数と、2人部屋の差額ベッド代（1日につき1万数千円）を考えると、十分見合うと考えたためです。

その部屋の窓側のベッドで、入院期間の最後は平穏に過ごすことができました。ベッドから窓越しに空や東京タワーが見え、日当たりがよかったということも、気分を前向きにする上で大切な要素でした。

このように、大部屋がいいか個室にすべきかというのは、入院期間と費用、そして治療中の体調に依存すると思います。入院期間はある程度最初に分かりますが、入院中にどの程度副作用で苦しむことになるのかなどは、治療を始めてみなければ分かりません。ですから、最初は大部屋に入院し、その後希望があれば部屋の変更を看護師さんに申し出るというのが現実的かもしれません。空き部屋が出れば移動させてくれるはずです。

スマホ、タブレット、PCは持ち込める？

私が入院した女子医大病院でも虎の門病院でも、病室でのスマートフォンやタブレット端末の利用は、通話さえしなければ大丈夫でした。通話については、各フロアで指定された場所（ロビーなど）でのみ可能でした。また病室でのPCの利用については特に問題ありませんでした。

入院案内や病棟内の張り紙などで、ルールとしては「電子機器の持ち込みは禁止」と打ち出しているケースもありますが、実運用上は黙認となっているケースが多いようです。

念のため病棟のきまりを看護師さんに確認すると安心して使えます。

病気だからこそ役に立つライフログ

私は脳腫瘍が見つかってから現在に至るまで、日々の出来事や考えたことなどを記録しています。これは「ライフログ」とも呼ばれます。iPhoneを使ってEvernoteというインターネット上のメモ保存サービスに保存しています。

入院中は、先生からの説明内容や看護師さんと話したこと、薬剤師さんから聞いた薬や点滴の説明、点滴や服薬の記録、体調や副作用の状況、病気について調べたホームページのクリッピング（切り抜きメモ）や見つけた論文などを記録していました。退院してからも、日々の体調や服薬の記録、通院時の検査結果や先生の診察の内容などを記録しています。

そうした記録は、治療中のいろいろな場面で役に立ちます。抗がん剤治療中は、前のコースのときに、いつ頃どんな副作用が出たのかを読み返して、副作用を抑える薬の調整に役立てました。Evernoteの場合、キーワード検索もできるので、過去の記録を探し出すのも簡単です。

こうして保存された記録を後から読み返すと、自分の記憶と違っていることがたくさんあります。自分の記憶があてにならないこと、人間の記憶は自分の都合がいいように書き換えられてしまうことに驚かされます。医師からの説明内容なども、正しく記憶しているつもりでも、いつの間にかゆがめられてしまいます。

だから、きちんと記録を残しておくことが非常に大切だと感じています。もちろん紙の手帳やノートでも構いません。自分の脳とは別の場所に、しっかり記録しておく必要があります。

治療中のいろいろなことをきちんと記録として残しておくことは、患者さんにとって非常に有用だと思います。

ブログで辛い経験を客観視する

私はブログに闘病記を書いています。自分が経験したことを共有することが、他の患者さんやそのご家族の役に立つのではないかと考えていることが、大きな理由です。

でもブログは、自分自身にとってもメリットがあります。

自分の経験を、ブログという公開の場に置くことで、少し距離を置いて見ることができるようになるのです。辛い経験でも、自分と同一化していた状態から、自分と切り離して、客観的な対象物として捉えることができるようになります。心理学で言う外在化です。

そして「娘の二十歳の誕生日に、娘と妻と一緒においしいお酒で乾杯してお祝いする」という人生の目標や、「自分はもう治ったものと考えている」といった思考を、単なる自分の思い込みに留めず、他人と共有して既成事実化しているという面もあります。有言実行のための目標の宣言のようなものです。「目標は紙に書くと実現する」という考え方とも通じるものかもしれません。

そうして自分自身が過去に書いた目標や宣言を折に触れて読み返すと、それによって自分の中でさらにその目標や宣言が強化されていきます。

ブログは自分のためにもなっているのです。

病院食を受け付けなくなったときの対処法

白血病・悪性リンパ腫の抗がん剤治療中、病院食にアレルギーを強く感じるようになってしまったことが何度もありました。病院食が出てきてもほとんど食べられません。

今考えると、とても食べられないほど病院食がまずいというわけではないのですが、副作用で食欲減退や吐き気などがある時期には、病院食は本当に見るのも嫌で、出てくるだけでストレスでした。

そういうときは、食後に看護師さんから「どれくらい食べられました？」と聞かれるのが本当にプレッシャーでした。「4割食べました」を「半分食べられました」にするために、食べたくないご飯を無理やり口に詰め込む、ということもありました。

でもきちんと食べなければ治療で失われた体力も体重も戻りません。

だから、体調がよく、食欲がある時期には、とにかく食べたいものをしっかり食べて、体力を回復させなければ、と努力していました。

少しでも食べるために、病棟のロビーに掲示される献立表をiPhoneで写真に撮り、絶対に食べられそうにない献立のときはあらかじめ妻にお弁当やパンなどを買ってきてもらいました。少しでも食べやすいもの、食べたいと思えるものをお腹に入れようとしていました。差し入れがあるときは看護師さんに言って、病院食はキャンセルしてもらいました。

また、お見舞いに来てくれる友人には、何かと食べ物の差し入れをリクエストさせてもらっていました。食欲があるときにはカツカレーや牛丼、ハンバーガーなどをお願いしました。病院食は喉を通らなくても、自分が食べたいと思うものであれば、食べる意欲が湧きます。

当時、差し入れに協力してくれた友人たちには、本当に感謝しています。差し入れのお陰で苦しい入院生活を何とか乗り越えられたと言っても過言ではないと思っています。

看護師さんや先生も、「食べたいものを食べればいいですよ」と言ってくれていました。だから病院食をキャンセルして差し入れを食べても、一切気兼ねする必要はありません。

特に抗がん剤治療を長期で続けていると、こうした食事の問題は少なからず出てくるのではないかと思います。でも基本は「食べたいものを食べればいい」ということです。無理をして食べたくない病院食を口に詰め込む必要はありません。家族や友人に協力してもらって、少しでも食べる意欲が湧くものを食べましょう。

主治医に「心付け」は渡すべきか？

がんのような病気で手術を受ける際、医師に心付け、つまり謝礼金を渡した方がいいのではないか、ということを心配される患者さんもいるかもしれません。私自身もどうすべきかと迷い、幼なじみのT君に相談してみました。

彼の話を総合すると、基本的に渡す必要はない、とのことでした。昔はそういう慣習もあったようですが、最近はあまりないようです。

国公立大学の場合は勤務医は公務員となり、金品を受け取るのは法律で禁じられています。だから私立の病院であっても、特に国公立大出身の医師は受け取らない方が多いようです。また病院として謝礼受け取り禁止を打ち出しているケースもあります。

仮に謝礼金を渡すにしてもどの範囲にまで渡すのかという問題もあります。手術に当たるのは執刀医1人だけではありません。主治医、麻酔医、看護師さんなど、多くのスタッフが手術に参加します。また手術が終われば治療は終わりではなく、その後も入院生活は続き、多くの医師や看護師さんのお世話になります。

じゃあ看護師さんにはお菓子でも……と考えても、謝礼禁止の病院では、ナースステーションに菓子折りを持って行っても、頑《かたく》なに受け取ってもらえないというケースもあります。

以上のような背景から、私は謝礼金は全く渡していません。謝礼金の有無では医療の質は変わらないと思います。

なお、私は退院後の定期診察の際には、先生たちにちょっとしたお菓子をお持ちすることがあります。コンビニで買った100円のチョコなどです。「診察で疲れたときにでも食べてください」とお渡しすると、みなさん「ありがとうございます！」と笑顔で受け取ってくれます。

謝礼金よりも、こうしたちょっとした気遣いと、何よりも元気な姿をお見せし続けることが、先生たちにも看護師さんたちにも一番喜んでもらえるように私は思います。

看護師さんは名前で呼ぼう

私は女子医大病院での2ヶ月強の入院期間中に、主担当のKさんをはじめ、15人ほどの看護師さんにお世話になりました。そして、できるだけそれぞれの看護師さんの名前を覚えて、名前で話しかけるようにしていました。

長い期間お世話になるわけですので、声をかけるときにも「看護師さん！」「ちょっと！」ではなく、できるだけ人間的な気持ちのよいコミュニケーションを心がけていました。名前で話しかけるだけで、看護師さんの表情も変わってくるような気がします。

退院後の今でも、検査や診察で女子医大病院に行った際には、ナースステーションに立ち寄ってごあいさつすることがあります。年月が経つにつれ、看護師さんたちも他の科に異動されていき、知り合いの看護師さんが減っていってしまうのは残念ですが、それでもお世話になった看護師さんが自分の元気な姿を見て喜んでくれるのは、私自身にとっても喜びです。

虎の門病院での7ヶ月の入院中は、治療の副作用の苦しさなどから、全ての看護師さんの名前を覚えることまではできませんでした。でも数人のお世話になった看護師さんとは親しくなり、治療そのものはもちろん、退院後の生活や自分の人生の目標などについて、話をしました。看護師さんの話で勇気付けられたこともたくさんあります。

ベテラン看護師さんは非常に頼りになります。ある意味では医師よりも、患者の日常の様子をよく見て把握しているためです。

例えば、抗がん剤の副作用で苦しんでいたときは、副作用を軽減するための飲み薬の効果や、前回のコースの自分の記録を看護師さんに聞いて、飲むタイミングや量の調節などを相談しました。

看護師さんの役割は患者の身の回りの世話だけではありません。医師だけでなく、看護師さんとも信頼関係を構築することで、精神的なサポートを得られることもあります。そうした看護師さんとの信頼関係の第一歩は、名前で呼ぶことではないかと思います。

入院生活のストレス

入院生活では様々なストレスを感じるものです。私が感じたストレスをいくつか挙げてみます。

音のストレス

同室の患者さんの咳、いびき、食事を食べるときの音などが気になることがありました。またお見舞いに来たご家族との会話の声が大きくて気になったこともあります。点滴ポンプの警告音や、ナースステーションの電子機器の警告音などにもよく悩まされました。夜中に目が覚めてしまうこともありました。

私はこうした音のストレスは、昼間はノイズキャンセリングヘッドホン、夜は耳栓などでしのいでいました。

プライバシーがないストレス

病室ではほとんどプライバシーがないということも、ときにはストレスに感じました。

ベッドの周りはカーテンで囲まれていますが、いつでも突然看護師さんが「高山さん、点滴交換に来ました」「検温に来ました」とカーテンを開けて入ってきます。もちろんカーテンを開ける前に声をかけてはくれますが、それでも突然の来訪には変わりありません。本を読んだり映画を見たりしているときに突然カーテンが開いて「うわ、びっくりした！」ということが何度もありました。

共有施設の順番待ちのストレス

シャワーやトイレ、洗面所などの共有施設の順番待ちにストレスを感じることもありました。シャワーは予約をとって浴びますが、前の人が遅れることもありますし、逆に自分の時間がかかってギリギリの時間になってしまうこともありました。

トイレや洗面所は、「隣の◯◯さんが今出て行ったのは歯磨きだから、もう少し後で行ったほうがいいな」などと考えてしまいました。

点滴のストレス

血液がんの治療中は点滴をしている時間が非常に長くなります。点滴でも副作用とは別にいろいろなストレスが発生します。

例えば、点滴を入れるための注射の痛さや、首に挿入したCVカテーテルの違和感。体に強い薬を流し込んでいるという気持ちの悪さを感じる人もいるかもしれません。

また点滴中にシャワーを浴びたりトイレに行ったりするときには、点滴スタンドを持ち込む必要があります。そのスタンドやライン（管）の取りまわしに煩わしさを感じることもあるでしょう。


こうしたストレスの感じ方は、自分の体調や入院する病棟（診療科）に大きく依存するように思います。

グリオーマの治療で入院している間は、術後の回復が順調で、放射線治療や抗がん剤治療の副作用もなかったため、ストレスなく快適に過ごせました。

逆に悪性リンパ腫の治療で入院しているときは、ここに書いたような様々なストレスを感じました。抗がん剤治療の副作用に苦しんだことも影響しています。体調が悪いときは、余裕がなくなり、通常であれば気にならないことでも、過剰にストレスに感じられてしまいます。

でもこうしたストレスは永遠に続くわけではありません。次第に慣れてきて気にならなくなるものもあります。また外泊すればリセットされます。そして退院すれば根本的になくなります。

次の外泊や退院を目標に乗り切りましょう。

後悔のない手術のために

手術の方針を決めるときに大切な4つのこと

手術の前には、主治医や執刀医の先生から手術に関する説明があります。この説明の場では、手術の方針についての患者の意思決定が求められることがあります。

手術も他の治療と同様に、メリットとデメリットがあります。腫瘍の大きさや場所にもよりますが、腫瘍を大きく取れば取るほど生存率の向上が期待できる一方、後遺症も大きくなり、術後の生活に支障が出る可能性があります。このように「命の長さ」を優先するか、「QOL（生活の質）」を優先するかの判断を求められることが多いかと思います。

この意思決定において、大切だと思うことが4つあります。

1. 人生の目標を定め、医師と共有する

一番重要なのは、自分が最も大切にしたいことは何なのかを明確にしておくことです。

言うなれば「人生の目標」です。そしてそれをしっかりと医師に伝える必要があります。

私の場合は脳腫瘍の手術前に、どこまで踏み込んで腫瘍を摘出するかという話になりました。

私は、「娘の二十歳の誕生日においしいお酒で乾杯してお祝いする」という人生の目標を村垣先生に伝えた上で、「とにかくあと19年生きられるようにしてください。後遺症や麻痺が残っても構いません」とお願いしました。QOLではなく命の長さを優先しました。

手術の結果、腫瘍摘出率は98％で、高い生存率が十分に期待できる結果でした。一方、後遺症として視野左下4分の1が見えないという視覚障害が残りました。でも全く後悔はありません。何よりも命を助けていただいたのです。

まさに私の人生の目標に基づいた意思決定通りの結果でした。

2. 分からないことはきちんと質問する

2番目に重要なのは、分からないことは遠慮せずに質問することです。手術によりどの程度の生存率が期待できるのか、後遺症にはどのようなものが考えられるのか、その後遺症は回復の可能性があるのか、後遺症を避けた場合の摘出率と生存率はどうかなど、分からないことは全て質問してクリアにした上で、納得のいく意思決定をする必要があります。あいまいな点を残したまま意思決定をしてはいけません。この意思決定の納得度が、治療そのものや医師への信頼度、自分の術後の回復、そしてその後の人生の充実度にも関わってくるからです。

人生を悔いのないものにするためにも、分からないことはきちんと質問して、しっかり納得した上で意思決定をしてください。後から「こんなはずではなかった……」と後悔しても、もう遅いのです。

3. 医師の話をメモに残す

3番目に重要なのは、医師から聞いた内容をきちんとメモに残しておくことです。人間の記憶とはあいまいなもので、自分の都合のいいように書き換えられてしまいます。ですから、説明の内容はきちんと記録しておく必要があります。

今はインフォームドコンセントが浸透しているので、医師も紙に説明を書きながら話をしてくれて、その後同意書にサインを求められると思います。この説明用紙に加え、先生から聞いた内容をきちんとメモに残しておきましょう。私の場合は、説明を聞いているときは、話を理解することと質問をすることに集中して、病室に戻ってから、聞いた内容をEvernoteのメモに記録しました。

4．家族も参加する

4番目に重要なのは、家族の参加です。私の手術前の説明には、妻と娘、そして母が同席してくれました。中でも妻の存在が大きかったです。先生の話を聞いているときには、手術の方針を意思決定するのに参加してくれて、同意してくれました。

後から「あのとき、先生はこう言ってたよね？」と聞くと、「そうじゃなくてこう言ってたんじゃない？」と答えてくれるので、自分の記憶違いを正すことができます。「ここはどう説明していたっけ？」と聞き逃した点も確認できます。

自分の記憶のあいまいさを実感するとともに、妻がいてくれて本当に助かったと思いました。その後も治療に関して共通の理解のもとに会話ができました。

こうしたことも、病院が手術の事前説明に家族の同席を求めている理由の一つかもしれません。家族でなくても、親戚や友人でもいいと思います。自分が信頼できる人に同席してもらいましょう。

抗がん剤治療（化学療法）

抗がん剤治療の「レジメン」と「コース」とは

抗がん剤治療は、「レジメン」という抗がん剤の種類や量、点滴のスケジュールなどを示した計画に基づいて行われます。一般に点滴による抗がん剤治療では、点滴をする期間の後に身体を回復させる期間を設けており、その組み合わせを「1コース」あるいは「1クール」と呼びます。このコースを何回か繰り返します。抗がん剤の点滴は身体に対する負担が非常に大きいため、間に回復期間を設けなければ続けられません。

私の白血病・悪性リンパ腫のときは、「Hyper-CVAD/MA療法」という抗がん剤のレジメンに、分子標的薬の「リツキサン」を加えた「R-Hyper-CVAD/MA療法」というレジメンが採用されました。

このレジメンでは、1コース目に「Hyper-CVAD療法」という複数の抗がん剤の点滴を行い、次に2コース目として、「MA療法」（MTX+Ara-C療法）という別の複数の抗がん剤の点滴を行います。

その後は1コースごとにHyper-CVAD療法とMA療法を交互に繰り返し、合計で6〜8コースを行います。1コースあたり、点滴から回復期間までを含めて3〜4週間かかります。つまり順調に進んでも合計で半年前後かかる計算になります。

ただ、実際に抗がん剤治療が始まると、副作用や感染症、体調の悪化などの様々な要因により、抗がん剤治療を延期せざるを得ないことも多々ありました。その都度、治療の終わりは先延ばしになります。

脳腫瘍のときは、手術後にニドラン（ACNU）という抗がん剤を点滴しました。入院中に始めて、退院後は2ヶ月に1度、通院して点滴しました。全部で6コース点滴しましたので、終わるまでトータルで1年ほどかかりました。

治療中はがんが消えるイメージを持つ

抗がん剤治療が始まる前には、薬剤師さんや主治医の先生が、使用する抗がん剤の種類や量、点滴のスケジュールを説明してくれると思います。いつ頃どのような副作用の可能性があるのかも説明してくれます。

私はさらに、抗がん剤の名前をネットで検索して、それぞれの抗がん剤が「どのような働きでがん細胞を殺すのか」（作用機序）を自分なりに理解するようにしていました。

例えば、ドキソルビシン（アドリアシン）は、がん細胞のDNAの複製を阻害することでがん細胞の増殖を抑えます。オンコビン（ビンクリスチン）は、がん細胞の微小管を阻害することでがん細胞の分裂を抑制します。

点滴中は、サイモントン療法（196ページ）を参考にして、抗がん剤がこの作用機序に従って自分の身体の中のがん細胞を殺しているイメージを、頭の中で描いていました。できるだけ具体的に、絵で想像していました。

私の経験した副作用

抗がん剤には様々な副作用があります。点滴してからすぐに表れるもの、数日経ってから出てくるもの、早めに消えるもの、何年も続くものなど、いろいろです。

私が脳腫瘍の手術後に点滴したニドランは、事前に先生から「副作用は、骨髄抑制で白血球が減るくらいで、自覚症状はないでしょう」と言われていましたが、その通りでした。

でも、白血病・悪性リンパ腫のときの抗がん剤治療は、副作用が大変でした。使用する抗がん剤の種類が多く、量も回数も多かったため、身体に対する影響も大きくなりました。
私が7ヶ月の抗がん剤治療中に感じた副作用を挙げてみます。

自覚できる副作用

倦怠感／食欲減退／腹痛／便秘／腸閉塞／口内炎／脱毛／末梢神経障害（手足のしびれ）／ろれつが回らない

全身の倦怠感や消化器の症状はよく出ました。胃腸の症状には吐き気止めはもちろん下剤なども使って対応しました。

でも、便秘から腸閉塞になったときは、下剤が効かず、ものが食べられなくなり、大変でした。しかしこれらの消化器系の副作用の多くは、最終的には点滴が終われば消えていきました。

脱毛もどうしてもあります。こちらは化学療法が終わって数ヶ月するとまた生えてきます。

末梢神経障害である手足のしびれも出ました。これはオンコビンの副作用です。手の指先はほとんど感覚がなくなってしまい、キーボード入力の際に苦労しました。この手の指先のしびれはしばらくして回復したのですが、足裏のしびれはいまだに残っています。同じく神経障害として、一時的にろれつが回らなくなったこともありました。

自覚できない副作用

骨髄抑制（免疫力低下など）

自覚できない副作用としては、骨髄抑制による血球の減少もありました。これは入院中の朝の採血の結果で分かります。

白血球が減少すると免疫力が低下し感染症にかかりやすくなりますので、ノイトロジンを注射して増やします。実際、私もよく発熱しましたし、帯状疱疹まで発症してしまいました。

血小板が減少すると出血が止まりにくくなります。血小板や赤血球は輸血で増やします。

ほとんどなかった副作用

吐き気／味覚障害／ムーンフェイス

私の場合、抗がん剤の副作用としてよく耳にするこれらの副作用はほとんどありませんでした。吐き気で嘔吐したのは7ヶ月の入院で1～2回あったかどうかです。
味覚障害は全くなく、食べ物の味が分からなくなるとか味が変わるということはありませんでした。ステロイド剤はいくつも点滴しましたが、ムーンフェイス（顔が丸くなる症状）も一切ありませんでした。

抗がん剤の副作用にはいろいろなものがありますし、その表れ方も人によって異なります。副作用が出たら医師に相談することで、薬を追加したり、抗がん剤の量を調整したり、抗がん剤を中断したりと、様々な対応をしてくれるはずです。遠慮せずに医師や看護師さんに報告しましょう。

放射線治療

1日数分で終わり、痛みもない

私は脳腫瘍の治療でも、白血病・悪性リンパ腫の治療でも、放射線治療を受けました。手術や抗がん剤治療の後に、残っている可能性のあるがん細胞をやっつけるためです。

脳腫瘍のときは、手術後2週間ほど経ってから、抗がん剤治療と同時に始めました。平日に毎日1回ずつ、計30回、6週間照射しました。

白血病・悪性リンパ腫のときは、抗がん剤治療がひと通り終わった後に、退院して通院で受けました。こちらも平日に毎日1回ずつ、計20回、4週間照射しました。

放射線治療自体は1回数分程度のもので、痛くもかゆくもありません。最初に受けたときは本当にあっけなく終わって驚きました。

放射線治療の副作用

痛くもかゆくもない放射線治療ですが、他の治療と同様、メリットとともにデメリットもあります。副作用のリスクです。

脳腫瘍のときは、照射するのが脳ということで、副作用のリスクについては、かなり丁寧に説明されました。短期的には、髪の毛の脱毛や皮膚の炎症、眼や耳の炎症や障害、吐き気、骨髄抑制（貧血、白血球減少）など。長期的には思考力や知能の低下、脳の部分的機能低下、脳の壊死など。

これら以外にもたくさんの副作用の可能性がありました。でも必ずしもその副作用が全て出るわけではなく、出る出ないは個人差が非常に大きいとのことです。

ただ、私の場合は頭に照射するため、その部分の髪の毛は必ず抜けると言われました。自分としては、髪の毛が抜けるくらいのことは気になりませんでしたが、将来的に脳の機能低下の恐れがあることは少し怖いと思いました。

その後、実際に放射線治療を受け、終わって何年も経ちますが、治療中もその後も、自覚できる副作用は脱毛だけでした。今のところ脳の機能低下のような症状はありません。

白血病・悪性リンパ腫のときは、照射するのがお尻の仙骨部で、放射線の一部が腸に当たる見込みだったため、副作用として下痢になるかもしれないと言われていました。でも実際は下痢になることも、その他の胃腸の不調が起こることもありませんでした。

放射線と聞くと怖いものという印象を持つ方もいるかもしれませんが、治療そのものは過度に恐れる必要はないと思います。

治療法にまつわる言説の検証

「抗がん剤は効かない」は本当か？

元慶應義塾大学の近藤誠医師の「抗がん剤は効かない」という主張を耳にしたことがある方もいるかと思います。また近藤医師は「がんもどき」「放置療法」などの独自の考え方を主張しています。

この近藤医師の主張を私の経験に照らして考えてみます。

「抗がん剤は効かない」について

本当に抗がん剤が効かないかというと、私はそんなことはないと思います。この主張は、そのセンセーショナルな言葉が一人歩きしがちです。でも実は近藤誠医師自身、「白血病や悪性リンパ腫などの一部のがんには抗がん剤は有効」と認めています。全ての抗がん剤治療を否定しているわけではありません。

実際、私の白血病・悪性リンパ腫も抗がん剤治療により治りました。7ヶ月間にわたり、かなり強い抗がん剤治療を受けました。副作用はきつかったとはいえ、これを乗り越えれば治るはずだと信じて乗り越えました。実際、治療は奏功し、寛解となったのです。治療は辛いものでしたが、「抗がん剤で殺される」などと感じたことはありませんでした。

脳腫瘍の手術の後にも、再発を防ぐために抗がん剤治療を受けました。こちらは副作用もほとんどなく、苦痛はありませんでした。抗がん剤治療そのものの効果がどのくらいあったのかははっきり言えませんが、その後再発の兆候は全くありません。

抗がん剤を含め、治療には全てメリットとデメリットがあります。治療効果と副作用のバランスを見ながら、メリットの方が大きくなるように進めていくのが実際の治療だと思います。「効く」か「効かない」か、白か黒かがはっきりしているものではありません。

抗がん剤が効きやすいがんもあれば、効きにくいがんもあります。そして副作用の出方は患者の状態によって異なります。全ての抗がん剤治療が患者を殺すほどの副作用を起こすわけではありません。

だから、「抗がん剤は効かない」と簡単に断定することはできないのではないでしょうか。自分のがんに抗がん剤が有効なのかどうか、自分の身体の状態を考えたときに副作用はどの程度のものになるのかなど、医師としっかり話し合った上で、適切な治療を受けるべきだと思います。

「がんもどき」「放置療法」について

近藤誠医師の主張のもう一つはこういうものです。

「がんには『本物のがん』と『がんもどき』の2つがある。『がんもどき』は進行しないので放置しておいてもよい。そして『本物のがん』は治療しても治らないので、やはり放置しておくべき」

確かに、がんのように見えるけれども治療をしなくても進行しない腫瘍もあるようです。でも、実際はがんはこのように簡単に2つに分けられるものではないと思います。そして「治療しても治らない本物のがん」と「治療しなくても進行しないがんもどき」の間には「治療すれば治る本物のがん」もあるはずです。

例えばグリオーマの場合で考えてみます。グリオーマでも、タイプによっては、進行が遅く、比較的良性と見られるものがあります。グレード2で低悪性と判断されるタイプです。このタイプの場合は、すぐに手術をせずに、経過観察となるケースがあります。

経過観察を続ける中で、がんの進行が見られた段階で手術をすることになります。この場合は悪性だった、あるいは良性が進行して悪性になったということになるでしょう。「本物のがん」です。一方、進行しなかった場合は良性のままだったことになります。これは「がんもどき」と言えるのかもしれません。

でもこのようながんのタイプやグレードの判断は、特に画像診断では非常に難しいものです。「良性かもしれないが、悪性の可能性もある」といったように段階的でグレーなものです。「これはがんもどき」「これは本物のがん」と、簡単に白黒はっきりつくわけではありません。

検査結果を見ながら良性なのか悪性なのかを見極めるには、現場の専門医の経験と知識が必要です。だからこそ、「放置療法」ではなく、専門医のもとで定期的に検査をしながら「経過観察」し、必要に応じて最適なタイミングで手術に踏み切る必要があるのです。

私自身の場合、見つかった時点ですでに脳腫瘍の直径は3～4センチありました。画像検査ではグレードは3～4の悪性との診断でした。すでにある程度進行している「本物のがん」です。手術せずに放置していたら、腫瘍はさらに成長して脳圧が亢進《こうしん》し、命の危険もあったはずです。早急に手術で摘出する必要がありました。

手術で腫瘍がほぼ全摘出できた結果、私は今こうして生きています。私の脳腫瘍は、近藤理論には存在しない「治療すれば治る本物のがん」だったものと思います。

このように、確かに腫瘍の中には良性のものもありますし、治療としての経過観察が適切となるケースもあります。その意味では「がんもどき」も「放置療法」も、全く間違っているというわけではないかもしれません。

でも、「がんは進行しないがんもどきと、治らない本物のがんの2つある」「どちらにしても放置療法でよい」というのは過度の単純化であり極論ではないでしょうか。

「がんもどき理論」を信じて全て「放置」してしまうと、「治療すれば治る本物のがん」でも、その治癒の可能性を潰してしまいます。

「極論」に惑わされない

実際、近藤誠医師の理論に、患者さんが惑わされて困っているという話を、友人の医師からも耳にします。抗がん剤治療や手術を拒否されるというのです。治療をすれば治るはずのがんが手遅れになってしまうのは、本当に残念なことだと思います。

こうした問題は近藤理論だけではありません。代替療法や健康食品などにも同じような極論が見られます。「〇〇でがんが消えた！」というようなキャッチコピーのものです。普通に考えて、それでがんが治るのであれば、もっと一般的になっているはずですし、医学的にも検証されてきちんとしたエビデンスが公開されていてしかるべきです。

もちろんこうした代替療法や健康食品に効果があるケースもあるのかもしれません。でも全ての患者の全てのがんが、必ず消えるとは断定できないはずです。

人間の身体も病気も治療も、白黒はっきりつくようなものではありません。効くかもしれないし、効かないかもしれない。その中で生存率などのエビデンスをもとに、少しでも治る可能性の高い治療を選択していくのが現実だと思います。だから「極論」や「断定的表現」は疑ってかかるべきです。

私たち受け取る側にも、メディアを賑わすセンセーショナルな意見に惑わされずに、しっかりと真実を見極めるリテラシーが、これまで以上に求められているのだと思います。

代替療法・民間療法は三大治療の補助とすべき

民間療法や健康食品などは、手術、放射線治療、抗がん剤治療といった西洋医学的な治療に対して、「代替療法」と呼ばれています。鍼灸《しんきゅう》治療などの東洋医学的な治療も代替療法に含まれます。

有名人のがん報道でも、こうした代替療法が話題になることがあります。アップル創業者のスティーブ・ジョブズ氏は、膵臓がんが見つかったとき、当初は手術を拒否し、代替療法での治癒を目指したようです。そのために西洋医学的な治療は遅れ、その間にがんが進行してしまいました。最終的には摘出手術を受けましたが、手術が遅れたことを後に本人は非常に後悔したとのことです。

また胆管がんで亡くなった川島なお美さんは、手術を受けた後、抗がん剤治療を拒否し、金の延べ棒で身体をさするという民間療法に頼ったようです。

患者さんはがんが見つかると、周囲から民間療法や健康食品などを勧められることが多くなると思います。私のときもそうでした。そして私の家族ががんになったときには、私自身が積極的に代替療法を勧めました。

私の妹が乳がんで闘病中、私は代替療法で有名な帯津良一先生の本を読み、妹とともに帯津先生の病院に先生を訪ねて行きました。妹とともにイメージ療法のサイモントン博士の講演会にも参加し、妹はサイモントン療法の合宿プログラムにも参加しています。

妹は乳がんが見つかった時点ですでに肝臓に転移していたため、最初の段階で医師から

「治療で完治を目指すのは難しい」と言われていたのです。転移のために手術はせずに、抗がん剤による全身治療と放射線治療を受けました。

がんの三大治療では妹のがんの治癒を期待することができないのであれば、代替療法に頼らざるを得ません。国立がん研究センター中央病院での治療と並行して、いろいろな代替療法を試しました。でも残念ながら妹は闘病の末に亡くなってしまいました。

三大治療で治癒が期待できない場合や、治療の末に打つ手がなくなってしまった場合、患者さんや家族は代替療法に頼るしかなくなります。命を諦めることはできません。その意味で、川島なお美さんが金の延べ棒にすがった気持ちも非常によく分かります。

でも、三大治療を受ければ治る可能性があるのであれば、まずはその治療を優先すべきではないかと思います。スティーブ・ジョブズ氏のように手遅れになる前に。

私が実践したイメージ療法と鍼灸治療

私自身ががんになったときは、「がんそのものは三大治療で治す」ことを基本方針としました。そしてその三大治療を補完するために、あるいは治療の副作用を軽減するために、代替療法を利用しました。

そうした代替療法の一つが、イメージ療法のサイモントン療法です。これは本を読んで自分なりのやり方で実践しているだけです。効果があったかどうかは明確には分かりませんが、実際、私は今でも生きています。

「イメージ療法」と言うと分かりにくいですが、私の勝手な理解で大雑把に言ってしまうと、がん細胞が消えていくイメージをできるだけ具体的に頭の中に描くことにより、がんの治癒を目指すものです。

私はこのイメージ療法を、抗がん剤の点滴中や放射線の照射中によく行っていました。少しでも治療の効果が上がり、がん細胞が消えてくれればとの思いからです。「病は気から」が真実なのであれば、がんが消えていくイメージを持つことでがんは消えていくはずだと考えていました。

妹が乳がんで闘病していたときにサイモントン博士の著書を何冊も読み、勉強したことが、まさか10年以上も後に自分のために役立つことになるとは思いませんでした。

そして退院後には、帯状疱疹後神経痛の軽減と、免疫力や体力の回復を目的に、鍼灸治療も受けています。実際に鍼灸治療を受けてすぐに、手術後に残った頭の傷口のしびれがなくなったり、悪性リンパ腫のために続いている左足のしびれが多少軽くなったりという効果を感じました。これは予想外だったので驚きました。

そして鍼灸治療を始めてから、風邪をひきにくくなったように思います。抗がん剤治療に負けない基本的な免疫力や体力がついてきている気がします。

ただこれは身体が自然回復している面もあるので、明確に鍼灸治療の効果だとは言い切れません。

でも、鍼灸治療を受けると実際に気持ちがよく、身体が楽になった感じがします。そうしたよい感覚があるということは、精神面だけではなく身体面にもよい影響を及ぼしているものと考えています。

私の鍼灸の先生、佐藤鍼灸院（横浜市神奈川区上反町《かみたんまち》）の佐藤高一郎先生はこう言っていました。

「鍼灸治療には、がんそのものを治すことはできません。でもがんの治療に伴う副作用や後遺症などの苦痛を軽減することはできます」

これは非常に現実的な代替療法の捉え方ではないかと思います。そして私の実感とも一致します。

代替療法は経済的に無理のない範囲で試す

代替療法は、試してみて本人が効いていると思うのであれば、経済的に無理のない範囲で続けるのがいいと思います。「病は気から」ですし、プラセボ効果というのもあります。患者本人が効くと信じていれば効くという面もあるのではないでしょうか。

でも、代替療法に「がんが消える」というような過度な期待は持たない方がよいように思います。西洋医学的な治療の補完や、副作用の軽減など、現実的な期待に基づいて、患者自身がよいと実感できるものは取り入れればよいと思います。

そして異常に高額なものには気をつけるべきです。代替療法の中には費用が1回数万円もかかるものや、一連の治療費の合計が１００万円を超えるようなものもあります。私もある東洋医学のクリニックを受診した際、１回の診察と点滴と漢方薬で合計10万円と言われて驚いたことがあります。

もちろんそれでも患者自身が効果を実感できて、経済的に問題がないのであれば否定するものではないと思います。ちなみに現在私が受けている鍼灸治療は1回1時間で5～6千円程度です。

繰り返しになりますが、手術、放射線治療、抗がん剤治療の三大治療で治癒が期待できるがんの場合は、まずはそれを優先すべきだと思います。代替療法に期待し過ぎて、治る病気を手遅れにしてしまうと、本当に取り返しがつきません。

その上で、治療に伴う副作用や苦痛の軽減に、うまく代替療法を活用するのがよいのではないでしょうか。

食べられるときに好きなものを食べる

民間療法の一環で食事療法というものもあります。私もがんになってから、周囲の方からいろいろな食事療法を勧められました。玄米菜食、酵素、肉は食べない方がいい、などなど。

でも私は食事療法は一切やっていません。これはもともと妻の考え方なのですが、「食事で一番大切なのは、旬の食材を使った手料理を、家族と一緒に食べること」だと思います。それが一番健康にもいいと思っています。だから肉も食べますし乳製品も食べます。

メディアでも「赤ワインのポリフェノールが健康にいい」とか「コーヒーで病気のリスクが減る」などといったニュースが取り上げられることがあります。でも当然ですが赤ワインもコーヒーも、飲み過ぎればデメリットもあります。

食べ物、飲み物は基本的にそういうものではないでしょうか。「これはいい」「これはダメ」と一概には言えません。

私は虎の門病院に入院中、副作用で何も食べられなくなったことがあります。それでも体力を維持するため、食べたくない病院食を無理に口に押し込みました。副作用が落ち着いて何とか胃腸が動くようになると、今度はあれが食べたい、これが食べたいと食べたいものが頭の中に浮かぶようになりました。食べたくても入院していれば食べられないものばかりです。

退院して何でも食べられるようになった今、あえて厳しい食事制限をする気持ちにならないのは、そのときの経験の影響もあるものと思います。食べられるときには好きなものを食べたい。それも家族と一緒に。それが食事で一番大切なことだと考えています。

退院後の病との付き合い方

がん治療費の実際

私の2回のがん治療においては、治療費の大半は健康保険で賄われました。自己負担額は自分でも驚くほど少ない額でした。

私の治療は、脳腫瘍も、白血病・悪性リンパ腫も、全て健康保険の適用範囲内でした。術中MRIによる脳腫瘍摘出手術も、7ヶ月間の抗がん剤治療「Hyper-CVAD/MA療法」も、分子標的薬のリツキサンもです。

女子医大病院での脳腫瘍治療を例に具体的な金額で説明します。2ヶ月強の入院期間中に受けた一連の治療（手術、放射線治療、抗がん剤治療、その他入院関連費用）に対し、私が支払った金額は50万円に満たない金額でした。支払いの際に、予想よりも大幅に金額が少なかったので驚いた覚えがあります。

全ての治療に健康保険が適用となったため、治療費のうち自己負担額は3割のみとなりますが、その自己負担額についても、自己負担限度額を超えた分は高額療養費として健康保険組合が負担してくれます。

さらに後日、健保組合から一部負担還元金も還付されました。金額は35万円以上でした。この一部負担還元金を差し引くと、実質的な自己負担額は十数万円ということになります。退院後の通院の費用は、3ヶ月に1回のMRI検査と診察で自己負担額は1万円弱です。私は脳腫瘍については薬を飲んでいないため、薬代はかかっていません。

脳腫瘍治療では、健康保険の利かない先進医療として、粒子線治療などが行われることがあります。この粒子線治療の場合、自己負担額は約300万円にもなります。でも私のように保険診療の枠組みの範囲内の治療であれば、そこまでの治療費はかかりません。

私は経営者であることもあり、いざというときのリスクを考え、がん保険や生命保険、医療保険にも加入しています。でも実際の治療費のかなりの部分は、健康保険で賄われたことになります。

ただ、がん保険や医療保険に入っていたことが、精神的な安心感や余裕につながったという面はあったように思います。虎の門病院での入院の終盤、大部屋が辛くなって2人部屋に移動したことがあったのですが、このときも差額ベッド代の負担に対して、医療保険の入院1日あたりの保険金支払額を考えて、自分の中で正当化した覚えがあります。

がん保険や医療保険は、実質的な治療費のためというよりも、精神的に余裕を持って治療に臨めるという効用が大きいかもしれません。

床から1人で立ち上がれないほど足が弱る

退院して自宅に帰ると、改めて自由な時間を取り戻すことになります。でも、入院期間が長くなればなるほど、普通の生活に戻る上で苦労することも多くなります。

私の場合、脳腫瘍の2ヶ月の入院では、退院してもそれほど大変なことはありませんでした。でも白血病・悪性リンパ腫の7ヶ月の入院の後は、自宅に帰ってからいろいろと苦労しました。

最も影響が大きかったのは、長い入院生活から来る脚力の低下です。これは本当に信じられないほどでした。

まず、自宅の階段の上り下りに非常に苦労しました。四つん這いでなければ階段が上がれません。逆に下りのときは、階段から落ちないように、両手で手すりを抱えながら下ります。

そしてフローリングや畳に座り込んでしまうと、自分1人では立ち上がれません。妻や娘を呼んでつかまらせてもらってようやく立てるという状況でした。

そんな状態なので、外出する際も足元はフラフラです。途中で電信柱などにつかまって休憩を入れながら休み休み歩くという状態でした。

考えてみると、病院では床に座り込むということがありません。ベッドに横になっているか、ベッドや椅子に座っているかのいずれかです。リハビリとしてできるだけ病棟の廊下を歩くようにしていましたが、やはりその程度では日常生活に必要な体力は得られないのだと、家に帰ってから痛感しました。

7ヶ月の入院生活で、当初59キロあった体重は退院時には46キロになっていました。20%以上減ってしまったことになります。

体重とともに体力と筋力も落ちてしまったため、少し活動すると、すぐに疲れてしまい、横になって休まざるを得なくなってしまいます。疲れ過ぎるとすぐに熱を出してしまいます。体力と筋力の低下は、本当に予想以上でした。

体力の回復には入院期間以上の時間がかかる

体力や筋力がないため、なかなか活動の量も増やせません。でも動かなければ体力も筋力も回復しません。体重も増えません。ジレンマです。

日常生活で最低限の活動しかしていないと、最低限の筋力、体力しかつきません。だから少し背伸びしてがんばって、プラスアルファの活動をしないと、筋力や体力は増加していかないのです。

これまで体力回復のためにやったことで、一番効果的だと思ったのはウォーキングです。丘の上の公園まで歩いたり、川沿いの道を歩いたりすると、体力回復だけでなく気分転換にも有効です。でも逆に言うと、筋力がなくてウォーキング以上の運動ができないということでもあります。ジョギングができるようになるには年単位の時間がかかります。

長期間の入院生活、そして長期間の抗がん剤治療で失った体力を取り戻すには、予想以上の時間がかかります。ある程度体力が戻ったと実感できるまでには、入院期間以上の時間がかかるでしょう。

無理せず焦らず、でも少しだけがんばってウォーキング、というのがいいように思います。

通院での検査・診察は生涯続く

虎の門病院を退院後も、定期的に血液検査と診察を受けています。

最初の頃は血球数の回復具合を見ながら、維持療法の開始時期を見極めました。維持療法が始まってからは3〜4週間に1度通院して、血液検査の結果を見ながら抗がん剤の量を調整します。

もちろん、そのときどきの体調や気になる点を先生に相談し、薬を処方してもらったりします。維持療法が終われば、通院の頻度ももう少し減ることになるでしょう。

女子医大病院には、3ヶ月に1度、脳のMRI検査とそれに基づく診察のために通院しています。脳腫瘍の再発がないかのチェックです。退院して間もない頃は、診察室で検査結果を聞くときには少しドキドキしました。でも今ではすっかり慣れてしまいました。

少しずつサイクルが延びていくとはいえ、検査と診察は一生続いていきます。気の長い話ですが、でも自分にとって診察の日は、命を救ってくれた先生や看護師さんたちに元気な姿を見せられる楽しい機会でもあります。これからもずっと、元気に近況報告に足を運びたいと思っています。

再発チェックと早期発見の意味

虎の門病院への定期的な通院は、再発を発見するためではありません。現在の通院は、血液検査の結果を見て抗がん剤の量を調整するのが主な目的です。そもそも私のような骨を原発巣とする悪性リンパ腫の場合、定期的な検査で再発を発見するということは難しいのです。

この病気の再発を見つけるには全身のPET検査が必要です。同じ画像診断でもCTやMRIでは小さな腫瘍は見つけられないためです。

でもPETを頻繁に行うのはコスト面を含めて現実的ではありません。そのため、定期検査ではなく、治療の区切りのタイミングや、何らかの自覚症状が出たときに検査をするということになります。だから自覚症状には気をつけています。

でも悪性リンパ腫の場合、早期発見が必ずしも重要ではないということは、前に述べた通りです。自覚症状が出てから治療に入っても遅くはありません。

なお、脳腫瘍の方は、基本的に手術が治療の第1選択となるため、再発時もできるだけ早く見つけ、治療に入った方がよいです。そのため、定期的な通院でMRI検査を受け、再発がないかをチェックしています。

いずれにせよ、私は脳腫瘍も、白血病・悪性リンパ腫も、もう治ってしまったものと確信しています。再発なんてしないと信じています。

もちろん定期的な検査は欠かすつもりはありませんが、これからも再発を過度に恐れることなく前向きに生きていきます。

患者の周囲が心がけるべきこと

お見舞いは必ず事前に連絡を

入院患者にとって、家族や友人のお見舞いはうれしく、ありがたいものです。

そのお見舞いについて、患者になって気づいたことがあります。それは、お見舞いは事前に連絡してから行った方がよい、ということです。

確かに患者は一日中病院にいます。でも、患者にも検査の予定や、シャワーの予約など、意外と予定が入っています。食事のタイミングもあります。そうした予定にお見舞いが重なってしまうと、患者は戸惑ってしまうこともあります。

お見舞いに来てくれた方は、「自分のことなんか気にせずに食べていいよ」「シャワー浴びてきなよ」と言ってくださるのですが、患者本人からすると、自分だけ食べるのも、来てくれた方を病室に残してシャワーに行くのも、遠慮してしまう面があります。

また、お見舞いが立て込んで、立て続けに対応に追われてしまうこともあります。人と話すのも、それが続くと、患者の体調によっては体力を消耗するものです。

そして治療の状況によっては、体調が悪く、とても人に会うような状況ではないこともあります。手術直後もそうですし、抗がん剤治療中で副作用が強い時期もそうです。

もちろん、懐かしい友人が突然病室に現れて、本当に驚くとともに、心から喜んだということもあります。そして気の使い方は患者次第、あるいは患者と見舞客との関係次第、という面もあります。一概には言えません。

でも一般論として、できるだけ患者本人もしくは家族に事前に連絡をした上で、お見舞いに行く方がよいと思います。「病院にいるから行けば会える」とはあまり考えない方が、患者のためになるのではないでしょうか。

差し入れは何がいい？

お見舞いに行く上で頭を悩ますのは、お見舞い品、差し入れとして何を持っていくか、ではないでしょうか。

これも一番確実なのは、本人に欲しいものを確認することだと思います。着るものや雑貨類など、入院生活で何か必要なものがあるかもしれません。

もし体調がよく食欲もある状態であれば、病院食に飽きて何か食べたいものがあるかもしれません。私は入院中、友人が差し入れに持って来てくれるおいしいお弁当には本当に助けられました。

他に私がうれしかったのは、アマゾンギフト券やiTunes Cardなど、ネット通販やデジタルコンテンツの購入などに使えるギフト券です。病室から本を注文したり、iPhoneやiPadで音楽や映画を楽しんだりするのに使えます。

本や雑誌を持っていくのは、患者の趣味を分かっていれば喜ばれると思います。

花を持っていく場合は、花束よりもかごに入ったアレンジメントの方が飾りやすく喜ばれると思います。花束だと看護師さんにお願いして花瓶を用意してもらう必要があります。またベッドの周りは狭いので、あまり大きなものだと飾る場所に困ってしまうかもしれません。

注意が必要なのは、病棟によっては持ち込みが禁止されているものがあるということです。

例えば、私が入院していた虎の門病院の無菌病棟では、生の食べ物や生花の持ち込みは禁止されていました。無菌病棟では患者はみな抗がん剤治療で免疫力が低下しているため、生ものの持ち込みは感染症のリスク要因になってしまいます。

こうした制限も含めて、患者本人や家族に欲しいものを確認するのがよいと思います。

でも、差し入れもうれしいですが、患者にとっては、大切な友人がわざわざ自分に会うために病院まで来てくれること、そうやって気にかけてくれていることが、一番うれしいものです。

がん患者には何と声をかけるべきか？

お見舞いのとき、差し入れと合わせて考えてしまうのは、患者に何と声をかけたらいいのかということではないでしょうか。

特にがんで先の見えない治療を受けている患者、精神的にも辛い思いをしている患者、手術を前に不安を抱えている患者に、何と言ってあげたらいいのかと悩む方もいるかもしれません。

あくまで私の個人的な経験をもとに、考えてみます。

根拠のない「大丈夫！」「きっと治るよ！」というような言葉は、患者の耳には空虚に響くので避けた方がよいと思います。応援してくれることはうれしいのですが、「そんなこと言われても、半分以上の確率で5年以内に死んでしまうんだよな……」などと現実的な予後を考えてしまいます。

「がんばれ！」もあまり適切ではありません。患者はすでに精神的にも肉体的にもがんばっているはずだからです。

「神様がくれた時間だと思ってのんびりしてください」という言葉もたまに聞かれますが、患者の状態によってはあまり適切ではないことがあります。抗がん剤の副作用や痛みなどに苦しんで、とてものんびりするどころではない、という場合もあるからです。

ではどんな言葉が適切なのか。

私は、どんな言葉もいらないのではないかと思います。お見舞いに足を運ぶだけで、患者は自分のことを気にかけてくれたことを喜んでいるものです。

そして話題は、共通の昔話でも、自分の近況でも、何でもいいと思います。入院中だから、病院だからということは置いておいて、普通にカフェや飲み屋で久しぶりに会ったときのように、とりとめのない昔話や近況報告に花を咲かせればいいと思います。

いろいろ言わずに、患者に寄り添うだけでいい、ということなのかもしれません。

家族の余命告知に2回直面して

私は自分自身が2回がんで闘病を経験していますが、家族の余命告知も2回受けています。

高校時代、舌がんだった父の余命告知に同席しました。父が入院していた信州大学医学部附属病院で、母や叔母とともに医師の部屋に呼ばれ、余命3ヶ月と言われました。

私が32歳の頃には、乳がんだった妹の余命告知に同席しました。妹の夫とともに国立がん研究センター中央病院の小さな部屋で主治医と会い、余命の告知を受けました。

2回とも、もう積極的な治療をしても治癒は期待できないと言われ、緩和ケアを勧められました。でも私たち家族には余命告知を受け入れることは難しく、「とにかく積極的な治療を続けてください。治る可能性がゼロでないのなら、最後まで治療してください」としか言えませんでした。

本人にもとても言えませんでした。妹のときは妹の夫と話し、「今日の話は2人の間に留めておこう。本人にも家族にも黙っておこう」と約束しました。

結局、父も、妹も、その数ヶ月後に亡くなってしまいました。

でも、特に妹のことについては、今でも考えることがあります。「あのときもし妹に余命を伝えていたら、妹は2人の子供たちのためにやりたいことがあったのではないか」ということです。妹は「死にたくない」と言いながら、幼い2人の子を残して亡くなってしまいました。

患者の家族にとって、余命告知を受け入れることは非常に、非常に難しいものです。おそらく余命を受け入れることを拒絶して、最後まで治療を続けることを希望してしまうケースが多いのではないでしょうか。

でもそれが患者本人にとっていいことなのかどうかは、非常に難しい問題です。

私自身は、もし積極的な治療が尽きた場合は、余命を告知して欲しいと思います。それを受け入れた上で、残りの時間を家族と自分のために使いたいと思います。そうした意志を、患者自身がしっかりと家族に伝えておくことが大切なのかもしれません。

家族には、患者の余命告知を受け入れること、そして積極的治療を手放すことはできないのだと思います。だからこそ患者自身が自分の意志を明確にして、家族と共有しておくことが大切なのではないかと今は考えています。

第四章

がんになることの意味

間違った思い込みががんを引き寄せた

白血病・悪性リンパ腫の抗がん剤治療による副作用に耐えながらベッドに横になっていた頃、病気になった意味や人生の目標などについて、いろいろ考えていました。そして自分の内面や潜在意識を深く探っていく中で、自分を縛っているいくつかの「間違った思い込み」に気づいたのです。

まず、私は家族にがんが多かったため、いつの頃からか、「自分もいずれがんで本当に辛い闘病を経験しなければいけない」と思い込むようになっていました。大学時代の友人がお見舞いに来てくれたときにこの話をしたところ、こんなことを言われました。

「そう言えば大学時代から、『うちはがん家系だから、自分もいずれがんになる』って言ってたよね」

まさか20年以上も前の学生時代にすでに思い込んでいたとは、自分でも驚きました。

この間違った思い込みが、1回目のがんである脳腫瘍だけでなく、2回目のがんである白血病・悪性リンパ腫を招いてしまったのではないかと考えています。

私は脳腫瘍の治療の後、「自分が経験したことは、がんで亡くなった父や妹の大変な闘病生活を思うと、全然大したことがない」と考えていました。実際、脳腫瘍治療から半年ほど経った2012年4月、ブログに「脳腫瘍闘病記？　体験記？」というタイトルで以下のようなことを書いています。

〈僕は高校時代に父が舌がんで、8年前に妹が乳がんで亡くなりました。術後の痛みや抗がん剤の副作用に本当に苦しみ、その挙句に子どもたちを残して死んでいった父と妹の大変な闘病生活を思うと、僕なんか本当に大したことがなくて、とてもとても「闘病」なんて言葉を使うことはできないと思ってしまいます〉

こうした考え方の奥底には、「いずれ自分も本当に辛い闘病を経験しなければいけない」という間違った思い込みがあったのではないかと気づきました。だから、比較的楽に乗り切れた脳腫瘍治療の2年後に、本当に苦しい7ヶ月間の白血病・悪性リンパ腫の「闘病」を経験することになったのではと考えています。白血病・悪性リンパ腫で経験したことについては、「闘病」と表現することに全く違和感はありません。

私は以前から、「思考は現実化する」というのは本当だと考えてきました。だから、自分の2回のがんは自分の思考が引き寄せたのかもしれないと考えるようになりました。まさに「病は気から」です。

「幸せのためには不幸も必要だ」というウソ

これ以外にも、がんを引き寄せた「間違った思い込み」が自分の中に存在していることに気づきました。

その一つが、「人生はプラスマイナスゼロ」という思考です。こういうものです。〈人生はプラスマイナスゼロ。幸せがあれば不幸もある。山があれば必ず谷もある。何かを得るには相応のコストを払わねばならず、それは幸福も一緒。常に幸せでい続けるということはあり得ない。自分は仕事でもプライベートでも幸せで恵まれている。だからいずれどこかで不幸な体験をすることになる。そうしないとバランスが取れない〉

もちろん、今ではこの思い込みは間違っていると理解しています。「幸せのためには不幸も必要だ」という思考は正しくありません。この世の中の幸せの総量が決まっているはずはありません。誰かが幸せになったらその分誰かが不幸になる、なんていうことはないのです。

だから幸せになるために、わざわざ不幸を経験する必要はありません。人生はプラスマイナスゼロのゼロサムゲームではないのです。今はそう確信しています。

自分は強い人間なんかじゃなかった

また、「自分は精神的に強い人間である」という思い込みもありました。

私は昔から、自分で目標を設定し、達成するための計画を立て、努力し、困難を克服し、目標を達成してきました。受験でも就職でも転職でも起業でも経営でも、全て同じです。そうやって生きてきた自分は強い人間だと思っていました。人に相談することもほとんどなく、常に自分で考えて自分で決めてきました。

でも、病院のベッドの上の自分は、自分一人で生きているわけではありません。妻や娘の支えがなければ、看護師さんのお世話がなければ、先生の治療がなければ、そして会社のみんなのがんばりがなければ、生きていることすらできません。

「自分は全然強い人間ではなく、本当はみんなに助けてもらわなければ生きていられない弱い人間である」と心の底から気づきました。

そして、この「自分は強い人間である」という間違った思い込み、常に無理をしてでも「あるべき姿」を実現しようとする姿勢が、自分に無理を強いることになり、精神や肉体にストレスをかけ過ぎて、病気を招いてしまったのかもしれない、と考えました。

ポジティブな思考で上書きする

これらの間違った思い込みの存在に気づいてから、これを手放す取り組みを行いました。「自分もいずれがんになる、闘病することになる」という思考が現実化したのであれば、その思考を新しい思考で書き換えれば、その新しい思考も現実化するはず、ということです。思考の上書きインストールです。

これにはかなりの確信を持ちました。これまでの人生でも、様々な思考を現実化してきたからです。

起業、経営、結婚といったポジティブなものから、今回の病気や入院に関するネガティブなことまで、「思考が現実化する」ということについては、それまでの人生で体感的に理解し納得していました。

だから、間違った思考をしっかり上書きできれば、病気を治すことができると思えるようになりました。

思考の上書きの具体的な方法は、瞑想とアファメーション（自分への宣言）です。まず瞑想です。寝る前に、自分の呼吸に意識を集中して、頭の中を空っぽにします。湧き上がってくる雑念は、いちいちとらわれずに受け流していれば次第に出てこなくなります。「次はどこにどんな雑念が浮かんでくるだろう」と思考を観察するのも、雑念を鎮めるいいやり方です。次第に雑念が浮かんでこなくなります。

そうやって瞑想状態になった上で、新しい考え方をポジティブな表現で自分自身に言い聞かせて刷り込みます。アファメーションです。具体的にはこのような宣言を自分に言い聞かせました。

・これからは家族とともに健康に暮らしていく。もう病気になる必要はない。
・◯ヶ月後には女子医大病院の先生からグリオーマの完治を宣言してもらう。
・◯ヶ月後には虎の門病院の先生からB細胞性リンパ芽球性リンパ腫の完治を宣言してもらう。
・◯年後には、娘の二十歳の誕生日を、娘と妻と一緒においしいお酒で乾杯してお祝いする。

このアファメーションは今でも毎晩続けています。また虎の門病院を退院した当初は、これらに加え、次のような言葉も自分に言い聞かせていました。

「リンパ腫さん、これからの人生をより幸せに、より健康に生きていくために大切なことをたくさん気づかせてくれて、ありがとうございました。でも、それらに気づいた今、もうリンパ腫さんの役目は終わったと思います。これからはリンパ腫さんに頼らず、自分の足で歩いていきます。もう僕の身体から出て行ってもいいですよ。これまでありがとうございました。さようなら。さようなら」

がんを通じて自分の中の間違った思い込みに気づきました。でも今ではその思い込みをすっかり手放すことができました。それにより病気もきれいに手放すことができたと信じています。もう再発することはないでしょう。

偶然とは思えない幸運の数々

2011年に脳腫瘍が見つかってから、2013年に白血病・悪性リンパ腫が見つかり、今に至るまで、私はいろいろな幸運に助けられてきました。それらは単なる偶然とは思えないものばかりでした。

T君との再会についての幸運

2011年の6月、最初に行った病院で「脳に腫瘍らしきものがありますね」と言われたとき、すぐに頭に浮かび、連絡したのは幼なじみのT君でした。都内の某大学病院に放射線腫瘍医として勤務する彼は、まさに腫瘍の専門家です。

病気が見つかった当初は、私は女子医大病院のグリオーマの治療成績が他の病院よりも格段に高いという事実は知りませんでした。でもT君は学会発表などを通じてそれを知っていました。だから彼は女子医大病院を勧めてくれたのです。

T君とは幼稚園から高校まで一緒でした。しかし大学を卒業してからは会う機会もなく、年賀状をやり取りするだけになっていました。

そのT君と十数年ぶりに会ったのは、2010年春のT君の結婚式でした。近況報告をする中で、T君が母校の大学病院に放射線の専門医として勤務していることを知りました。またT君のお兄さんも放射線科医であり、女子医大病院に勤務していることを知ります。

その結婚式から数ヶ月後、もう1度T君兄弟と再会することになります。私が法事のために長野に帰省しているとき、T君のお母さんが亡くなったという連絡が私の母に届きました。たまたま帰省していた私は告別式に参列することができました。

その4ヶ月後、私の頭に脳腫瘍が見つかります。もちろん、最初に相談したのはT君でした。彼が腫瘍の専門家であったこと、彼のお兄さんが女子医大病院に勤務していたことは、幸運としか言いようがありません。

そしてT君とは10年以上も会っていなかったのに、病気が見つかる直前の1年間に2回も再会していたことも、本当に不思議なめぐり合わせでした。

娘に助けられた幸運

私の脳腫瘍が見つかったのは、ヨーロッパ出張中に空港で意識を失って倒れたのがきっかけでした。妻から連絡があり、娘が肺炎で入院したというので、帰国の予定を1日繰り上げて翌日の便で日本に帰ることにしたのです。

このときのことを、私の妻は、娘が「パパ帰ってきて」と呼んだのだろう、と言います。私もそう考えています。娘が呼んでくれなければ、私の帰国は1日遅れることとなり、空港ではなくスロベニアのホテルや町中で倒れていたはずです。

もしそうなっていたら、救急車でスロベニアの病院に搬送され、検査で脳腫瘍が発見され、そのまま治療を受けるはめになっていたはずです。その場合、日本に帰って来られなかったどころか、治らなかったかもしれません。娘のお陰でなんとか帰国することができ、女子医大病院で最先端の治療を受けることができたために、今があります。娘が私の命を救ってくれました。

娘に感謝していることはもう一つあります。脳腫瘍が分かったときに私は、娘の成長を見届けないうちは絶対に死にたくない、と心の底から思いました。そして、自分の人生の目標を、「娘の二十歳の誕生日を、おいしいお酒で乾杯してお祝いする」ということに決めました。この目標が、治療方針を決める際の根幹となりました。辛い治療を乗り越える原動力にもなりました。

その意味でも、娘がいなければ今の自分はないと思っています。

脳腫瘍そのものに関する幸運

最初のうちは、私の脳腫瘍（グリオーマ）の悪性度はグレード3か4だろう、と主治医から言われていました。グレードが3か4かでは、大きく予後が変わってきます。手術から2週間後に病理検査の結果が出て、先生から「グレードは3でしたよ」と言われたときは、妻と2人で本当にホッとしました。

そして腫瘍ができた場所が後頭葉だったことも幸運でした。視野の左下が見えない程度の後遺症が残っただけで、腫瘍が取り切れたからです。腫瘍ができる場所や大きさによっては、手術では70~80%程度しか摘出できず、術後に放射線治療や抗がん剤治療でできる限り小さくする、という場合もあります。また場所によっては、術後に運動障害や言語障害が残るケースもあります。そうなっていたら、普通の生活を送ることは難しくなっていたかもしれません。

グレードが3だったこと、腫瘍が取り切れたこと、取り切れる場所と大きさだったこと、後遺症が視覚障害程度ですんだことは、本当に幸運でした。

会社に関する幸運

そして、会社に関する幸運もありました。突然社長が入院することになり、数ヶ月にわたって会社を離れることになったら、普通であれば経営が立ち行かなくなっていたかもしれません。

でも、私の脳腫瘍が見つかった2011年時点のオーシャンブリッジには、そうした心配はありませんでした。私が口を出さなくても日常の事業運営には問題がないレベルにまで社員は育ってくれていたのです。そうでなければ、安心して数ヶ月も会社を離れられませんでした。

最初に病気が見つかった段階で、私がいなくても会社が回る状態になっていたのは、本当に幸運でした。その2年後に白血病・悪性リンパ腫が見つかったときも、会社のことを心配する必要はありませんでした。私の闘病中にがんばって会社を支えてくれた社員のみんなには本当に感謝しています。

私の脳腫瘍が見つかった日が、オーシャンブリッジ設立10周年の設立記念日その日だったことも、不思議なめぐり合わせです。これは「10年がんばってきたんだから、この辺で会社のことは社員に任せて、ちょっとひと休みしなさい」ということだよ、と入院中にお見舞いに来てくれた友人たちから言われました。実際、自分の場合は、病気でもしなければ、思い切って会社の全てを任せるということはとてもできなかったと思います。

でも、任せてみて初めて、大丈夫だと確信することができました。それだけ社員が成長したんだということを実感することもできました。こうした経験により、私自身の会社や仕事に対する考え方は、大きく変わりました。病気が見つかった日が会社の設立記念日だったという事実には、こうした意味があるのかなと思っています。

村垣先生と谷口先生のつながりの幸運

白血病・悪性リンパ腫が見つかって、病院を探す中で、虎の門病院の谷口先生がＮＨＫの「プロフェッショナル 仕事の流儀」に出演されたときの内容が心に響き、虎の門病院が有力な候補になりました。

こうした情報をもとに女子医大病院の先生たちやＴ君と病院について相談しているときに、村垣先生が電話をくださいました。なんと、しばらく前に谷口先生とお会いしていたというのです。このときの不思議なご縁には本当に驚きました。

白血病・悪性リンパ腫そのものについての幸運

虎の門病院に入院し、白血病・悪性リンパ腫の治療に入ってからも、様々な幸運に助けられました。

標準治療で生存率が40％と言われる中で、海外では生存率が60～70％というデータがある「Hyper-CVAD/MA療法」を最初から採用してもらっていた幸運。虎の門病院が海外の最新の治療法にも精通し、積極的に取り入れている病院だったことに助けられました。

骨髄移植を受けるべきかどうかで悩んでいる中で、骨髄バンクにはマッチするドナーが見つからなかったという幸運もありました。これで骨髄移植は受けずに化学療法だけで寛解、治癒を目指すという方針で心が決まりました。

分子標的薬のリツキサンが使えたという幸運もありました。

そして、腫瘍が悪性リンパ腫でありながら仙骨部に限られていたために、放射線治療を使えたことも幸運でした。これで再発のリスクは大きく下がったものと考えています。

その他の幸運

他にもたくさんの幸運があります。女子医大病院で担当看護師のKさんに、公私ともに助けていただいたこと。女子医大病院にはT君のお兄さんの他にも同郷の先生がいて、折に触れて心配して声をかけてくださったこと。

そして虎の門病院で退院を間近に控えた時期、退院したら本を書きたいと考え始めていたときに、アクセンチュア時代の同期の友人、山崎将志君（日本経済新聞出版社刊『残念な人の思考法』などの著者）が突然お見舞いに来てくれたこと。彼の助けがなければ、この本を出版することはできませんでした。

こうしたいろいろな幸運が重なって、今の自分があります。今こうして将来に希望を持って生きていられること、妻とともに娘の成長を見守っていくことができることを、本当にありがたく思っています。

治るという前提でがんになった

これだけたくさんの幸運が、それもとても偶然とは思えない出来事が重なったことから、私は治るという前提でこの病気になったのではないか、と考えるようになりました。全ての幸運は、偶然ではなく、起こるべくして起こったのではないか、と思えてなりません。それだけ偶然にしてはでき過ぎていることばかりのように感じます。

治るというゴールがすでに決まっていて、そのゴールに向かって必要なイベントが、必要なタイミングで起こっているのではないか。

私が生まれる前から、私の人生のシナリオにそうしたイベントやゴールが書き込まれていて、自分はそれをなぞって生きているのではないか。

そう考えなければ、とても「偶然」「運がよかった」だけでは片付けられないことばかりです。いわば「運命論」「決定論」です。

そう考えると腑に落ちることがあります。

私はオーシャンブリッジという会社を起業し、海外の企業が開発した最先端のソフトウェアを発掘し、日本語化し、日本企業に販売してサポートするというビジネスを推進してきました。その前はアメリカの経営コンサルティング会社であるアクセンチュアに勤務し、アムステルダムに赴任していたこともあります。

私がこうしてビジネスでやってきたことは、実は私の闘病経験とも通じるところがあります。白血病・悪性リンパ腫の治療では、一般的な治療法である骨髄移植を選ばず、自分で調べた海外の最新論文に基づいて、先生と議論し、化学療法のみでの根治を目指しました。その結果、無事に寛解となり、今があります。

海外に目を向け、新しいものを取り入れること。パートナーと信頼関係を築き、常に議論しながら進めること。そしてともに強いコミットメントで成功を実現すること。これは、私がビジネスにおいて海外パートナーとやってきたことにも、治療において病院で先生たちとやってきたことにも共通します。

これらも全て、私が生まれる前に私の人生のシナリオに書き込まれたことなのではないかと思います。そしてその内容を考えると、このシナリオは神様（何か人智を超えた大いなる存在）だけが書いたのではなく、実は神様と自分自身が一緒になって考えたのではないかと思えます。このチャレンジングなシナリオは、人と同じであることを好まない自分が、いかにも好みそうなシナリオだからです。つまり「自分で考えた運命論」です。

もしかすると、前述のがんを引き寄せた思考も、このシナリオの一環だったのかもしれません。いずれがんになって治る、というイベントが起こることがどこかで分かっていて、それで「自分もいずれがんになる」と言っていたのかもしれません。

人生のシナリオに困難な病気が書かれていたわけ

では私の人生のシナリオがあったとして、なぜそこにがんという病気が書き込まれていたのか。なぜ病気という困難なイベントをあえてシナリオに書き込んだのか。

私は自分の人生にはがんが必要だったのだと考えています。自分と家族の人生をより幸せなものにするために、自分にとってはがんという経験が不可欠なものだったと思うのです。

私は病気になるまでは仕事最優先で生きてきました。もちろん家族を大切にしていなかったわけではないのですが、経営者ということもあり、どうしても忙しくなると仕事優先となり、自分の健康や家族との時間は後回しになってしまいます。

その頃、私の人生の目標は「死ぬまで会社経営を続けること」でした。毎年のお正月に立てる一年の目標は、「会社の事業計画を達成すること」でした。人生＝経営という状態でした。自分が会社と同一化していました。

妻からは「もっと自分の身体を大事にして欲しい、家族との時間も大切にして欲しい」と言われていました。でも、「仕事があるからしょうがない」「自分がやらねばならない」と、自分の生活や仕事の仕方はなかなか変えられませんでした。海外とのやり取りでは時差もあるため夜もメールをチェックします。新規事業の立ち上げなどで忙しい時期は、週末も家でプレゼン資料を作ったりしていました。

「仕事をセーブして自分の身体を大事に」「家族との時間を大切に」「仕事を任せれば社員は成長する」ということは、これまでも周囲から言われてきましたし、本にもたくさん書いてあります。でも、その意味を、以前の自分は本当には理解していませんでした。だから実践もできませんでした。

そうしたことを分からせて、実践させるために、私はがんになったのだと思います。それが分かって実践できたら病気は治る、というシナリオです。

人生の優先順位が大きく変わる

がんになって、私の人生の優先順位は大きく変わりました。家族と自分の健康が一番大切なことになりました。自分が健康でなければ、そして家族の支えがなければ、仕事もできないということがようやく理解できました。人生の目標は「娘の二十歳の誕生日に、娘と妻と一緒においしいお酒で乾杯してお祝いする」になりました。

2回目の入院中に、私は社長の座を後進に譲り、会長に退きました。経営は社長に完全に任せ、自分は一切口を出していません。仕事を任せれば社員が成長するということが、今ではよく理解できます。そのためにも自分の場合、がんが必要だったということです。本で読んでもできなかったことが、がんになることで初めて理解でき実践できました。

経営の最前線から離れたことで、退院後の今も自分の身体を優先した生活を送らせてもらっています。本当にありがたいことです。会社のメンバーには本当に感謝しています。

がんを経験したことで、このように会社と自分をきちんと分離して、本来の自分を取り戻すことができました。会社のこともよい意味で客観的に見ることができるようになりました。

家族と過ごす時間は非常に増えました。基本的に毎晩家で、家族3人で妻の手料理を食べています。その後娘と一緒に寝ています。家族との時間が、私の副交感神経を優位にして、免疫力を高め、がんの再発防止につながっていると感じています。家族を大切にすることが、自分の健康にもつながっていることを実感しています。

こうしたことを自分に分からせるためには、がんというインパクトのある経験が必要でした。しかも自分の場合は頑固なので2回必要だったのでしょう。

2回の闘病経験を経て、こうしたことが体感的に理解できたため、自分と家族のこれからの人生はより幸せで充実したものになっていくはずです。そして会社もさらなる成長を遂げていってくれるものと期待しています。

がんにありがとう

もう一つ、病気になって初めて分かったことがあります。人間は一人で生きているわけではない、人に生かされている、ということです。

前述したいろいろな幸運には、多くの人々が関わっています。友人、病院の医師、看護師さん、社員、そして家族。そうした人たちに助けてもらったお陰で、私は今、生きていられます。誰が欠けても、今の自分はありませんでした。

私は常に自分の人生を自分の力で切り開いてきたと思っていました。でもその自分の人生は、いろいろな人の支えがあって初めて成り立っているということを、2回の闘病で学びました。そして何でも自分だけで考えたり判断したり実行したりしようとせずに、より積極的に周囲に委ねることの大切さを知りました。

こうしたことを実体験を通じて理解するということが、私にとってがんが必要だった理由の一つだと思います。そして実際にがんを通じて得られたことを考えると、がんになって本当によかったと思います。がんには感謝しています。

命を救ってもらった恩返し

私ががんになった意味には、自分のためということに加えて、世の中のためという面もあるのかもしれないと考えています。

自分が病気で経験したことを世の中に発信することで、他の患者さんやそのご家族の役に立つことができるからです。

私は2004年からいわゆる社長ブログを書いていました。自分の考えを書くこと、それを世の中に発信することはもともと好きでした。だから、自分が2回のがんで経験したことを文章にして発信することで、他の患者さんに参考にしていただければと考えました。

悪性脳腫瘍が見つかって目の前が真っ暗になってしまった患者さんには、適切な病院で適切な手術を受ければ治る可能性があること、実際に治って元気に生きている元患者がいることを知っていただきたいと思っています。

白血病・悪性リンパ腫が見つかって病院や治療法に迷う患者さんには、骨髄移植だけではない選択肢もあるということ、化学療法で寛解して元気に生きている患者がいることを知っていただきたいです。

それが、私の生かされているミッションではないかと思います。私の人生のシナリオを書いた神様が、私に期待していることであり、私に2回のがんを与えてくれた意味なのだと思うのです。

そして、このミッションを果たすことが、T君、先生、看護師さん、友人、オーシャンブリッジのメンバーなど、私の命を救ってくれたみなさんへの間接的な恩返しになるものと思っています。

命を救っていただいた恩はとても返し切れるものではありません。だから、せめて自分の経験を世の中の多くの患者さんたちに役立てていただき、一人でも多くの患者さんががんを乗り越えるための助けとなることが、お世話になったみなさんへの恩返しにもなるのだと信じています。

この本を書いているのも、そうしたミッションの一環であり、恩返しの一環です。

今度行こうね、と言える幸せ

今、生きていて、幸せを感じるとともに、辛かった頃を思い出す瞬間があります。

それは、妻や娘との会話の中で、

「今度またあのお店にご飯食べに行こうね」

「今度あそこに遊びに行こうね」

という「今度」の話をするときです。

2011年6月に脳腫瘍が見つかり「グリオーマのグレード3か4ですね」と診断されたとき、生存率を聞いて「自分はあと数年で死ぬのかもしれない」と思いました。

それからというもの、街を歩いていて昔来たことのある和食屋さんの前を通り、「今度は娘も連れて3人でまたこのお店に来たいな」と一瞬思っても、すぐにその考えは「また来る機会はもうないかもしれない」という考えで打ち消されてしまいます。「今度」のことを考えることができなくなりました。

手術が成功し、正式な診断結果がグレード3で確定してからやっと、「自分はこれから先も生きていけるんだ」と考えることができるようになりました。

その2年後に腫瘍が見つかり、B細胞性リンパ芽球性リンパ腫と診断され、5年生存率は40%だと聞いたときに、再び、「自分はあと数年で死ぬのかもしれない」と思いました。またもや自分の中から「今度」がなくなりました。

その後、長い抗がん剤治療を受け、それが奏功し、がんが寛解となってから、再び将来のことを前向きに考えられるようになりました。自分の中で「今度」が復活しました。

今、毎日の生活の中で家族と、

「また今度あそこのお寿司屋さんに行こうね」

「今度あそこに旅行に行こうね」

といった会話をするたびに、がんと診断された直後の、「今度」がなくなっていた頃のことを思い出します。それと同時に、将来のことを家族と話すことができることに深い幸せを、心の底から感じます。

病気というものは、当たり前のことを当たり前でなくしてしまいます。でもそれにより、当たり前のことがどれだけ貴重でありがたく、そして幸せなことかを、改めて認識させてくれます。

今こうして生きていられることに感謝しつつ、当たり前の幸せを大切に噛み締めて、毎日を生きていきたいと思います。

後書き

私が今、生きてこの本を書くことができているのは、たくさんのみなさんのお陰です。でも全ての方にこの本に登場していただくことはできませんでした。改めて、お世話になった全てのみなさんに、心より感謝申し上げます。私の生命を救ってくださって、本当に、本当にありがとうございました。

この本の執筆にあたり、実名で登場していただいている東京女子医科大学病院脳神経外科の村垣善浩先生、丸山隆志先生、そして虎の門病院血液内科の谷口修一先生には、登場されている箇所の原稿のチェックを快く引き受けていただきました。先生方のご協力がなければ、この本は完成しませんでした。命を救っていただいた上にこの本にもご協力いただき、本当にありがとうございました。

なお、この本の内容に医学的な間違いなどがある場合、それは先生方の責任ではなく、全て私の理解不足によるものです。ご了承ください。

幼なじみのT君にも改めてありがとうと伝えたいと思います。彼がいなければ、村垣先生や谷口先生との出会いもなく、とても2度のがんを乗り越えることはできませんでした。その意味では、私が幼稚園で彼と出会った時から、この本に書いた物語は始まっていたのかもしれません。

私の妻についても少し書かせてください。妻は私が治療法で悩んでいるときはいつまでも議論に付き合ってくれ、副作用で苦しんでいるときは体をさすって癒やしてくれました。人生で最も辛かった時期にどれだけ心身ともに救われたことか。とても言葉では言い表せません。

脳腫瘍が見つかったときに決めた「娘の二十歳の誕生日においしいお酒で乾杯してお祝いする」という人生の目標は、その後の闘病を経て「娘の二十歳の誕生日に、娘と妻と一緒においしいお酒で乾杯してお祝いする」に変わりました。娘と妻の2人がいてこその自分の人生だと、心の底から思いました。

妻がいつもそばにいてくれることが、自分の一番の幸運かもしれません。

ここまでこの本を読んでくださったみなさまにも、お礼を申し上げます。私の経験が少しでもみなさまのお役に立つのであれば、こんなにうれしいことはありません。

最後に、天国にいる父と妹、そして患者仲間のUさんとKさんに、この本を捧げます。

横浜・綱島のカフェカルディにて

高山知朗

カバー写真
相澤心也

DTP
美創

ブックデザイン
アルビレオ

高山知朗　たかやま のりあき

1971年、長野県伊那市生まれ。早稲田大学政治経済学部を卒業後、アンダーセンコンサルティング（現アクセンチュア）戦略グループにて各種コンサルティングプロジェクトに従事。その後Web関連ベンチャーを経て、2001年、株式会社オーシャンブリッジを設立し、代表取締役社長に就任。現在、同社代表取締役会長。海外のソフトウェアやクラウドサービスを発掘してローカライズ（日本語化）し、日本企業向けに販売する事業を展開。11年7月に悪性脳腫瘍（グリオーマ）摘出手術を受ける。13年5月には白血病・悪性リンパ腫を発症し、7ヶ月間の入院による抗がん剤治療を経て、現在維持療法中。2度のがん闘病の記録をつぶさにつづったブログは、がん患者とその家族から「勇気と希望がわいた」「冷静で客観的な文章でわかりやすい」と反響が大きく、全国の医師からのアクセスも多い。

オーシャンブリッジ高山のブログ　http://www.oceanbridge.jp/taka/

治るという前提でがんになった

情報戦でがんに克つ

2016年9月10日　第1刷発行
2020年7月31日　第4刷発行

著　者　高山知朗
発行人　見城 徹
編集人　福島広司
発行所　株式会社 幻冬舎
〒151-0051 東京都渋谷区千駄ヶ谷4-9-7
電話 03-5411-6211（編集） 03-5411-6222（営業）
振替 00120-8-767643

GENTOSHA

印刷・製本所　図書印刷株式会社

検印廃止

Printed in Japan　ISBN978-4-344-02994-1　C0095

幻冬舎ホームページアドレス　https://www.gentosha.co.jp/
この本に関するご意見・ご感想をメールでお寄せいただく場合は、
comment@gentosha.co.jpまで。